觀音淚

林金郎宗教小說選

林金郎 著

新世紀美學 出版

宗教不離世間

名詩人、作家、宗教研究者　蔡富澧

金郎的《觀音淚》要出版了，除了要恭喜他，也要藉這機會說說我對金郎宗教文學的一些看法。

這本《觀音淚》共收錄了金郎的〈祖船〉、〈萬世其華〉、〈觀自在〉、〈怨滅〉、〈虛實世界〉、〈那漢子〉、〈放手〉、〈女淚〉、〈大日之光〉、〈度僧〉等十篇作品，所涉及的宗教信仰有佛教、道教、民間信仰、祖先崇拜、牽亡魂等，涉及的神靈包含觀世音菩薩、媽祖、關聖帝君、祖靈等，這些神靈參雜在親情、愛情、友情、事業、修行中，讓平凡的生命顯得更有深度，也更發人深省。金郎對於人生百態的觀察是深入而細微的，對於人世間種種的痛苦感受也是深刻的，因為具有這些深入的觀察做基礎，金郎的這些小說不是無病呻吟的，而是有血有淚的，也因此可以讓人感受到他那份發自內心的悲天憫人的情懷。

金郎的《觀音淚》所收錄的都是與宗教相關的作品，從這些作品裡，我們可以看出一些金郎宗教觀的端倪。首先，金郎的宗教不限於某一特定宗教，按照一般的分類，宗教有制度宗教與個人宗教，制度宗教必須具備教主、經典、教義、儀軌、信徒等等，但個人宗教則不需具備這些條件，只要能夠感受到神靈的啟示，便可以稱為個人宗教。因此，即使最沒有組織的民間信仰，卻也是最普及的信仰。金郎並沒有特別強調某個宗教的優劣，而是宣揚宗教的教化功能，佛法、觀世音菩薩、媽祖、關聖帝君、祖靈，各有不同的度化法門與功能，每個人因緣不同，能夠滿足人們心靈的渴求，便是適當的宗教，所以書中的主角們，該以何身得度者，便有何種神靈來加以啟發，從中獲得救贖。從這本《觀音淚》中，我們不能說金郎是屬於哪一種宗教，也許他是融合了多種的制度宗教；也許，這就是他的個人宗教。

其次，金郎的宗教觀是世間的。誠如禪宗六祖慧能大師說的「佛法在世間，不離世間覺」，宗教雖然寄希望於天上或未來，但宗教的所有行為都必須在世間完成。金郎這幾篇小說，說的都是世間人、世間事，小說倘若離開了世間的愛恨情仇，就難以感動人心，宗教若不能在世間凸顯其教化提升的功能，便也失去宗教的意義。在金郎的小說裡，《心經》、《金剛經》、《桃園明聖經》等，都不是拿來解釋義理的，而是用來解決人世間的種種問題和困境的。經典的存在並不是為了讓人獲得高深的義理，而是解決生活周遭的問題，讓生命獲得解脫自在，所以，金郎的宗教不以出世為目的，引述經典也不以義理取勝。金郎的宗教是入世的、世間的。

再者，金郎的宗教觀是內省的，不是外來的。從祖船、觀落陰，到媽祖婆、觀世音菩薩、關聖帝君，他們對於小說主角的作用，從來都不是強制或外加的，反而都是影響或感召的，這些主角之所以能夠從困境中獲得解脫，都是由於在宗教薰陶下最終因自省而獲得了悟與解脫。一個人如果只是一味地信仰、依賴神佛，不管信的是哪種宗教、哪尊神，那都是迷信；相反的，如果能夠從神佛獲得啟示與感召，因自省而了悟世間的苦、空、無我，困境因而獲得解脫，生命得到提升，那麼不管哪種宗教哪尊神靈，都是正信。

誠如金郎所說，這些「宗教文學」作品，它們不是教義的表達，也不是道德的勸說，更不是傳教，而是用宗教的觀點（尤其是佛教）去解析人生、家庭、情感、社會、族群乃至人性衝突與矛盾的作品。基本上，宗教是出世間的終極關懷，但是宗教也不能脫離人權而獨立，因此，宗教必須與人群、與世間產生緊密的聯繫，才能發揮其勸世、教化、度脫的功能。

小說不是經典，它只是說一個故事，但好的宗教小說具有與宗教經典相同的教化功能，這一點，我們可以從金郎的這本《觀音淚》中獲得印證。

二〇一六年六月三十日

淨土在人間

林金郎

我第一篇刊登於文學雜誌（《明道文藝》）的作品是大學時代的小說〈我佛慈悲〉，第一篇刊登於文學副刊（《中央日報》）的作品是大學時代的散文〈觀音腳下〉，後來我發現，我陸續發表的文學創作，不管是小說、散文、新詩，都圍繞在鄉土與宗教兩個元素與情懷發展，而且持續迄今未曾更改，當然，以後也不會更改。

如果以於公開刊物發表文學作品算是「出道」起點的話，那在將近三十年的創作生涯裡，我確實寫了許多直接以宗教觀點去創作的「宗教文學」作品，它們不是教義的表達，也不是道德的勸說，更不是傳教，而是用宗教的觀點（尤其是佛教）去解析人生、家庭、情感、社會、族群乃至人性衝突與矛盾的作品，這本書就是精選我的十篇宗教小說而成的選集，希望透過小說的方式讓人更樂於從閱讀裡無形中接受宗教的啟示與薰陶。

宗教不只是與人為善，更充滿解決問題的智慧，它大抵是在教人體悟慈悲、包容、救濟才是化解仇恨，達到「共好」的方法，當大家都共好了，世界大同亦不遠矣，此時淨土何須生後求？「人間淨土」是我們在世時就可以實踐與建構的——當然，不管是個人修為養成或人間淨土營造，都不是一條容易的路，但我們堅定信仰價值不放棄的往前走，這就是修行。創作這些作品，在鼓舞我自己，也希望能鼓舞別人，這也是我實踐救濟的方式之一。

另一方面，我也用正統經典所描述的境界來描繪小說裡的一些未知情境，因為這是正統經典所述，所以不是怪力亂神，而就文學創作來說，這種虛幻的描述，反而充滿了魔幻寫實的況味，也因而擺脫了純寫實的框架，顯現一種新的書寫型態，但它又極可能是真實的。

科技極度發達，人性卻極度空虛；社會迅速變遷，人際關懷卻迅速冷卻，也因而，我們的人際、社會、國際間都充滿爭執、怨懟與報復，現在應該是我們回過頭來重新檢視生命意義與生存價值的時候了，而宗教就是其中的一條明路，是以為序。

二〇一六年春節

觀音淚

目次

一 祖船

老人半坐半躺在搖椅裡，跟老人一樣年紀的搖椅，不斷前後來回搖盪著，並發出「伊伊呀呀」的聲音，老人相信他現在正在一艘船上。

太陽照在老人身上，老人並不覺得特別暖和，因為，他從年輕時就習慣與狠毒的太陽搏鬥。如果天空飄起雨來，而他的媳婦春妹又忘了將他抬回屋裡去，老人就會進入年輕時與風雨搏鬥的情景。

「秀枝呀，我要出海了。」老人嗯嗯呀呀的呢喃著，沒人聽懂他在說什麼，但老人現在是跟他的妻子秀枝說話，雖然秀枝已經去世十多年了。

這時正在補漁網的秀枝抬起頭，站起身走到他的身邊，不由得將自己的手塞進阿興的手裡，阿興，就是老人年輕時的名字。然後她轉身走進矮矮暗暗的紅磚頭古厝寮裡，一進門，就是他們的客廳兼飯廳，秀枝從飯桌上拿了幾個荷葉包好的紅龜粿。

「拿去船上吃，拜過媽祖婆，保平安的。」秀枝說，每次要出海，秀枝一定都會到媽祖宮拜拜，要嫁來漁庄前，秀枝母親除了告訴她要認命外，就是跟她說，媽祖婆最疼討海人。

阿興沒說什麼，伸出手接過紅龜粿，又握了一會兒秀枝的手，然後才欲言又止的轉過身，就這樣捲著褲管，打著赤腳，拎著簡單的行李，沿著堆滿蚵殼的小路往碼頭的方向走去。

秀枝不由得跟在阿興後面走了幾步，這一次，大概又要個把月才會回來吧？秀枝心裡想，但她沒跟在他後面太久便停住腳步，因為每個男人都這樣出海，她不能表現的太傷情。

望著阿興逐漸遠去的身影，秀枝轉過身來望著一堆堆等待修補，堆得隆起來的漁網，她覺得那個起伏的樣子很像海浪。屋前的空地上架滿了竹竿，竹竿上舖滿了秀枝已經補好正在晾乾的漁網，如果海浪也可以這樣被漁庄裡的女人們齊力修補得平整的話，那我們的男人出海，生命就不會那麼危險了。

酷熱的下午，又濕又熱的氣流又要慢慢匯聚成對流雨，遠處天空的烏雲慢慢聚集起來，最後變成很大一片雨雲，佔據了整個海面，不一會兒，便零零落落打起雷來，但老人還是半坐半躺在搖椅上，他的媳婦春妹也已經忘了要過來抬他回去。

稀落的雷聲貫進老人耳裡，老人回到無數次在海上和老天搏鬥的戰場上。

「啊……啊……」老人急促的喊著，剛好走過去的春妹卻沒有回過頭來看一下，難道你要去解讀一個痴呆老人的囈語到底有什麼含意嗎？

「收帆！收帆！」其實老人喊著，喔，不，阿興死命的喊著，然後所有的人除了掌舵的船長海哥，一部份的人用力拉著繩纜收帆，一部份的人用接力的方式，把侵略到船艙裡的海水汲出去。

海浪像木盆裡面被奮力翻攪的水一樣，激烈的旋轉、起伏、衝擊著，而他們的船，就只像木盆裡面一隻隨時都會翻覆的無辜小紙船。

經過了十幾個小時的作戰，他們的船很幸運的並沒有翻覆，而且終於從充滿毀滅的宇宙風暴中心脫離出來，天空中掛著一條彩虹，海水恢復了湛藍，並有著少女一樣溫柔的脾氣，他們全失去知覺的暈死在底艙和甲板上，海水輕輕柔柔的盪著，好像母親慈祥的推著搖籃，海風從他們耳邊捎過，他們集體同時聽到母親在唱搖籃曲，所以，他們昏迷的更深了。

但是，這次戰役，他們失去了一位戰友，一個總是為船員著想的大好人，船長海哥，可是他們卻沒有帶回他的屍體，甚至他們都不知道，海哥是什麼時候，在什麼地方失足墜落到海裡去的。

那次回航，海哥的親人剛好也沒來接船，他們誰也不敢先說，直到卸了貨，完了事，人潮都散了，海哥的妻子才發覺海哥沒有回來，她是最後一個知道自己丈夫已經死亡的人。

那天夜裡，全村的人都清楚的聽到，海哥的妻子就這樣淒厲、悲慘的哀嚎了一整夜，還有三個小孩不知發生什麼事，只是察覺有異的跟著啜泣。夜裡，海浪還是照例潄潄的拍打著沙灘，並沒有因為海哥的死亡而有所改變，那天，正是滿月的十五。

後來，他們在海邊幫海哥招魂，老人清楚記得當年的情景。道士一手搖著鈴鐺，一手拿著一根上面綁了一面招魂幡的竹枝，阿海嫂捧著海哥的照片跟在一旁，他的三個小孩也穿著喪服在一旁跪成一排。海風中，竹枝上的竹葉啪啪飛著，招魂幡的白布帆啪啪飛著，他的名字——孫福海也啪啪飛著，眾人的眼淚也啪啪飛著。

「孫福海轉來喔！」道士向大海大聲喊著。

「海仔，轉來喔……」海哥的妻子無力虛脫的喃喃著。

「阿爸，你怎麼還不轉來？」海哥的小孩們哭泣的問。

幾滴細小的雨珠落在老人臉頰上，雨滴沿著老人凹陷的眼眶流下來，或許是體溫的關係，那雨滴最後變得跟眼淚一樣，有點燙。

年輕時，老人臉上和身上的皮膚，黝黑地發出赤銅一樣的顏色和光亮，那時他的肌肉因為長期勞動，顯得結實而又飽滿，但現在，他的臉像年輪一樣，佈滿一圈又一圈的皺紋，肌肉也像洩了氣的皮球，全都鬆垮了下來，粗糙的皮膚更像發霉的麻布，佈滿了一朵又一朵的老人斑。

老人瞇著迷矇的眼睛，一整天就這樣坐在房子前面，春妹總是算準在她的丈夫，也就是老人的么兒子阿凱回來之前，趕緊將老人的屎尿料理一番，並換上新的成人尿片，所以阿凱總以為他的老爸有受到良好的照顧。至於老人身上那日益嚴重潰爛的瘡傷，春妹則解釋為是老人年老體衰自然的現象，而忙碌的阿凱也總只是在叮嚀春妹幾聲後，就忘了這件事。

春妹和阿凱不知道，老人最希望的是，與其同樣這樣坐一天，他們為什麼不帶他去海邊，也是這樣的對著海，看一整天的海？

老人已經很久沒有聞到海的味道了，那有些酸澀、有些臭腥、充滿柴油燃燒味的海洋味道。老人記得，新婚後第一次再出海時，他竟然這樣要命的思念起秀枝，並且有一股想要跳海泅水回去抱著她的衝動。

「秀枝太安靜了，而且個頭太小了，怕生不出強壯的兒子。」大家都這麼說，她不像其他強壯的女人，可以一把就拖動一條旗魚。

「娶這個不會賺錢啦！」在這裡，勞動的女人才有價值。

秀枝現在應該在房門前補著那山丘一樣高的破漁網吧，阿興想，秀枝總是一邊工作，一邊哼歌，但當有人走近時，她就不再唱了。每次見到秀枝抱著沉重的漁網，墊高了腳尖把漁網晾在竹竿上，阿興總會擔心，當他不在家不能幫忙的日子，她要如何承擔這麼沉重的工作？

那次，阿興躲在艙底偷偷流眼淚，他怕人看見，不斷地用手肘將淚拭去，淚水抹得他一臉一嘴，所以阿興終於知道，為什麼海水的味道是鹹的。這時海哥剛好走過來，他看見悲傷的阿興，重重拍拍他的肩膀，然後陪他坐了下來。

「你知道嗎？」海哥說，「討海人，隨時都會沒命，所以凡事都看開了，沒啥好計較，只有把親人和故鄉越看越重了。」

阿興趕忙又將流出的眼淚抹淨，因為他又看到秀枝吃力的捧起一大團漁網的樣子。

「但如果有一天，也把親人和故鄉看淡，生命就只剩下一個空殼子，就無啥意義了。」

「海哥，心裡惦念愛的人，艱苦！放不下！」

「啊——，」海哥嘆口氣，「我行船要三十年了，我瞭解，心內如果沒有愛的人，我們這樣飄浪就沒意義；可是有愛的人，卻又放不下。」

「那怎麼辦？」阿興渴望得到答案。

但海哥沒說話，良久，海哥才開口：「總有一天，人生會行到盡頭，那時才會知吧？」

老人回憶起和海哥一起說話的情景，後來海哥把他從黑暗的艙底帶到甲板上看海，雖然遼闊的海洋茫茫的看不到盡頭，也沒有方向，但海哥認為，這樣總比把自己封閉在黑暗的角落好。

雷聲越來越密集了，並且也越來越大聲，老人誤以為那是鞭炮的聲音，春妹趕緊出來將晾著的衣服收回屋裡，她一歲半的小女兒，頭上綁了一根沖天炮，坐在學步車上，被門檻攔住無法出來，所以在門裡面望著春妹，邊流著口水，邊牙牙的嚷著。

春妹一邊嘀咕一邊收了衣服進屋，她還是沒有想到要將老人抬進屋裡，因為在她認知裡，老人是一件物品，每天只要早晚搬動兩次，所以她會習慣性的遺忘他，她不是故意的。

但老人其實並非沒有意識，譬如像鞭炮一樣密集而且隆隆作響的雷聲，就使他就很快的又回到立厝的那天。

那天也是個鞭炮響個不停的日子，阿興和秀枝終於用自己的積蓄將紅磚塊古厝寮翻新成二層樓洋房，而且洋房前面還砌了一塊空地，是留給秀枝補漁網用的，空地用水泥糊了整齊光亮的平台，還搭了一個小小的遮陽板。秀枝對自己能擁有這樣的待遇，感到異常興喜，兩片粉頰一直浮著泛紅羞赧的笑容。

阿興於是從搖椅上站起來了，也掩不住臉上笑意，跟前來道賀的親友拱手回禮。

「要好命囉！」鄰居親友都不斷恭喜道，他們忘了曾經說過秀枝不會賺錢的預言。

同時，那年他們生了第四個男孩，也就是阿凱，每個小孩都健壯靈活的跟條鱸鰻一樣，趁底粉碎秀枝生不出強壯兒子的謠言。瘦弱的秀枝，唯一的堅持就是要讓小孩唸書，所以當別的小孩都跟大人一起到海邊插蚵竿、採蚵塊時，阿凱跟他的哥哥們卻是到打著赤腳，每天走一個小時的路到學校上課，這又讓鄰居頗不以為然。

「討海人不討海，就跟莊稼人不下田一樣，不用做就有得吃嗎？」

後來，秀枝過完六十歲生日沒多久就過世了，她並沒有打算要鋪張過這個生日，她覺得應該將錢存起來，這樣或許還可以再買另一棟房子留給兒子們，她一直覺得，在陸上比在海上安全多了，至少不會這樣一直晃個不停。

但她的兒子們都忘了秀枝六十歲生日這件事，她的兒子們除了功課最差的阿凱留在漁庄討海外，每個人都去了都市，娶了街仔女孩。

後來阿凱在眾人的提醒下，在秀枝生日那天，學洋人一樣買了一個蛋糕，那天晚上，阿凱就集合了還留在家裡的人，很靦腆的帶領大家唱了一首五音不全的生日快樂歌。

大家都為秀枝感到不值，因為她是過度操勞而死的。

「不要出海好，不要出海好！」秀枝在身體急遽衰弱到無法勞動時，還是經常這麼說，「一出海全家大小的心也都跟著出去，做家後世小的艱苦！」

「不值啊，死無人哭喔！」親友卻仍這麼說，她的兒子們在阿凱通知母親病危時並沒有立即趕回來，而是在接到母親過世的消息後才陸續回來，但訃文還是寫著：「母壽終正寢，子女等隨侍在側」。

秀枝去世後，已經做過好幾次阿公的阿興經常在夜裡看見秀枝還是坐在房前空地的矮板凳上，一邊哼著歌，一邊補著漁網，或是從蚵塊裡，將蚵一尾一尾挑出來。

但是，當阿興走近時，不但歌聲停止了，連秀枝的身影也消失了，阿興心裡卻知道，表面柔弱但內心倔強的秀枝，自從嫁來漁庄後，便死心塌地的認定這裡就是她將來要埋骨的地方，縱使這裡的風很大，這裡的日頭很豔，她就活在這裡，死在這裡了。所以她一定捨不得離開這個她補了一輩子漁網的地方，因此阿興就這樣站在空地上等了她一整夜，直到夏天的露珠或冬天的寒霜，霑濕了他身上的衣服。

後來阿興終於知道，原來秀枝在唱著：「看到網，目箍紅，破甲這大空，想袂補，無半項，誰人知阮苦痛。今日那將這來放，就永遠無希望，為了前程補破網，找傢私補破網……」

原來秀枝是不願放棄一個成家的希望，所以當有人靠近時，她便不再唱歌，而只是低下頭更努力的把網和夢補好。

所以，秀枝嚥下最後一口氣前便是對抓著她手的阿興說：「老伴，我完成啊，我這輩子沒虧欠啊，我可以安心先走囉……」

阿興的淚水滴落在秀枝臉上，心裡喊著，沒虧欠，沒虧欠，這世人妳沒虧欠誰，只有我虧欠妳每天擔心驚惶，虧欠妳晚冥用目屎思念我，虧欠妳目睭在那金金看，虧欠妳是我的心肝卻從來沒講出嘴，虧欠娶妳來漁庄做我的查某人！

秀枝的喪禮辦得極其風光，她的大兒子阿峰因為在生意場上優異的成就，使得秀枝也因為教子有方而獲得鄉公所頒發「模範母親」的大匾額，並高高掛在廳堂的最上方，而阿峰也深深體認「大孝能顯」的道理，所以便號召他的弟弟們為母親辦一場風光的喪禮。

那天確實是秀枝最風光的一天，她躺上了一台加長形凱迪拉克禮車，車前有一幅她巨大的照片，照片四周佈滿了最新鮮的菊花，照片上的她一如生前一樣，赧澀的笑著。禮車後面則有五輛炫亮的電子花車跟隨，車上有美麗清涼的花車女郎，沿街唱著輕快版，卻有些哀愁的歌曲。

車隊被安排環繞漁庄一週，作為秀枝對故鄉最後的一瞥與懷念，為了吸引眾人對車隊的關注，以達到大家對秀枝的敬意，沿途中花車女郎身上的衣服也越來越少。

如果秀枝會講話的話，一定會從棺材裡探出頭來說，為什麼有這麼大，長得這麼像船的車子?而且這樣陪行的陣頭也讓她覺得很不好意思，如果可以的話，把錢存起來，或許可以再買一棟房子。

但跟那些喜歡東家長、西家短的女人不一樣的秀枝可能沒意識到，漁庄現在已經不是她記憶中的那個樣子了，躺在禮車裡的她，如果可以坐起來看看街景的話，一定會很訝異，漁庄已經早就塗上胭脂水粉，穿上洋裝花裙，重新整容變成一位嬈嬌的俏女人了。

車隊幾乎繞遍了漁庄每個地方，卻有個最重要的地方沒去——媽祖宮，因為媽祖宮現在已經隨著漁庄的沒落而被遺忘，它跟漁庄有著同樣的命運，倘使沒有變成全省聞名的觀光勝地，讓觀光客慕名而來，那麼，它的命運就是在一柱清香的伴隨下，靜靜的對著海洋，只有一年一度的媽祖生時，人們才會再偶而想起它。

但秀枝卻對媽祖抱持著極高的託付，甚至超越最大的天公或佛祖，因為她覺得，離她和阿興、孩子，還有土地最近的，是媽祖婆。所以，她總是在阿興出海前虔誠的來膜拜，並在回航後感恩的回來還願，平日到媽祖宮祈求，也成了她的工作之一。後來逐漸年老的秀枝便開始搞混，這次來祭拜，是阿興出海還沒回來，還是回來又出了海？

但阿峰不知道秀枝最大的心願是，如果非雇用花車陣頭不可，那她最後一程是一定要來跟媽祖婆告別，感謝媽祖婆終於讓他們全家都平安，所以她的一輩子都是在媽祖婆的保佑下完成的，如果可以，秀枝願意再為媽祖婆點上一柱又一柱的香，並且在她面前伏跪不起。

許多年後，望著人口越來越少的漁庄，水面越來越混濁的海濱，庄裡越蓋越多的水泥房，甚至連漁船也越來越少，年老再也無力拖網的阿興知道，是他告別海洋的時候了。

因為失去秀枝和海洋雙重的回憶，讓阿興急速變得痴呆，但在他還沒變得完全痴呆前，就已經意識到自己往後遲滯、無趣而又不知所措的日子，但他可以確定的是，他可以和秀枝一樣，擁有一場轟轟烈烈，整個庄子都幾乎要被翻過來的喪禮。

雨開始落下來，春妹在房裡開心的逗弄著她的女兒，老人全身都濕透了，但他沒有發出任何不適的聲音，因為在船上時，他們身體也很少乾過，甚至有些時候，他們還必須在潮濕的船艙裡睡覺。

不知過了多久，阿凱穿著雨衣，騎著摩托車比往日提前回來。

「么壽喔！」阿凱看父親竟然雕像般的呆坐在屋外淋雨，劈頭便罵道，進屋後不分青紅皂白的甩了春妹一巴掌，然後兩人便開始扭打起來。

臨時家族會議很快就在病房外熱烈的召開，阿凱謊稱因為雨下得又大又突然，春妹一個女人搬動不及，所以阿爸淋了點雨。大哥阿峰對於父親淋雨罹患急性肺炎十分不滿，大聲斥責阿凱，其他有來到的兄弟也都忿忿有詞，阿凱只是面紅耳赤的低著頭，接受眾人的責罵，但春妹卻在忍耐到達極限後突然跳起來斥聲指著在場的每個人，大聲罵道：

「好呀，大家都那麼孝順，就輪流養阿爸啊！」春妹的話像丟了一顆手榴彈出來，一時眾人的喧嘩都停止了，只有阿凱像牛一樣的哭聲在醫院裡格外響亮，並不斷迴響。

老人躺在病床上，鼻子上掛了氧氣管，他呼吸急促而又淺短，已經完全昏迷了。但令老人訝異的是，當他發現不再依賴身體感官時，意識既然可以感覺的更清楚。所以他清晰的聽到兒子和媳婦們的爭執，也聽到阿凱心裡自咎的聲音。

阿峰大哥和他的弟弟們害怕輪流養護老人的問題，好似變成多餘了，因為幾天後，老人終於陷入彌留。老人看到一片蔚翠浩瀚的海洋，也聽到一艘船鳴著汽笛遠遠駛來的聲音，他也聞到海的味道。但此時，老人反而猶豫起來，他害怕，一搭上船，離開這裡，就要永遠與子孫仔、眾人和漁庄分別，而他一輩子的事蹟、記憶和所有，也就將此全部消失！

正在徬徨恐懼時，比船先來的，卻是海哥！

「海哥！」彌留中的老人感應到死去的海哥身影，海哥浮在海面上，身體已經因為泡水而腫脹，也因死亡而開始腐爛。

「冷麼?·海哥！」老人於是趕緊跟他喊道。

正當阿興不知所措的時候，他又發現一群魚正在啃食海哥的屍體。

「閃！不要吃海哥！」老人先是發狂的拍打水面，企圖嚇走魚群，然後慌亂的在四周要找尋可以驅逐魚群的器物。

但老人也因疑懼而全身顫抖著，難道，難道，五十多年來，海哥的靈魂一直受困無法投胎？一直被囚禁在大海裡，承受無窮無盡的折磨？還是，他一直沒有抓到交替的人？

但正當老人陷入驚恐的迷思與錯愕時，海哥卻從時空的亂流海洋裡走了出來。

「阿興，我沒代誌！」海哥說，聲音宏亮而飽滿，就跟生前一模一樣，能在汪洋中傳遞很遠很遠。

「……」老人無法置信，海哥現在變成最年輕時的樣子，甚至更光彩，更有力量。

海哥一邊走近老人，一邊豪邁爽快的張開雙臂，兩人於是相互擁抱在一起。

「海哥！……」老人的眼淚海嘯般的奪眶而出，情緒就像潰決的堤防，一時完全宣洩出來，老人又仔細的撫摸、審視海哥的每吋身體，發現他真的毫髮無傷，於是又驚喜的破啼為笑。

良久之後，他們才並肩坐在床沿上望著圍著鐵欄杆的窗外，但因為老人渴望他們現在是坐在海堤上望著海，所以他們就真的變成坐在海堤上，望著面前綠波萬頃的海洋，而且是他年輕時漁庄的那個景緻：遠方有點點漁帆正在撒網捕魚，石縫間躲了很多海蟑螂，螃蟹在沙灘中鑽洞，寄居蟹也頑皮的露出頭和身體，在陽光下行走，而清澈的海浪則規律的來回，一波一波拍打著堤岸，然後激起一片的浪花，並發出雄壯悅耳的撞擊聲。

「阿興，人生要行到盡頭了，你會驚未？」海哥還是握緊老人的手問。

「我們會去哪裡？」老人問。

海哥卻搖搖頭沒說話，老人疑惑的望著海哥，海哥於是讓阿興看到他先前浮屍海上的情景。

老人看到海哥的靈魂飄離身體，一艘船駛過來要接他，但海哥卻上不了船。原來，海哥心裡有太牽掛障礙，以致拖累得海哥根本無法起身，所以船又走了。後來，海哥終於知道，原來那些牽掛障礙就是他的痛苦、遺憾和回不到家的怨恨。

但老人知道，他現在也是放不下呀，老人一回頭，看見阿凱就趴在他的病床上睡著了，阿凱的鬍鬚渣渣已經長得又長又硬，自從老人住院後，他就一直沒有離開過病房。

「阿凱，」老人於是伸手摸摸阿凱的頭，「我和阿母真的從來沒有看你不起，你們都是我們的兒子，春妹她們也都是我們的媳婦，我們都像女兒一樣疼她們。」

阿凱突然從懵懵中醒了過來，他探頭看看昏迷中的老人，呼吸越來越慢，越來越淺，不禁抿起嘴又哭了起來。

「阿興，」海哥看到老人不捨的神情，於是對他說，「我這十多年泡在海水內，終於知道，心內愛的人，只要愛就好，不要變成掛礙，不然就害大家都解脫不出來。」

老人終於領悟了，再怎麼不捨，還是有離開的時候，但不要讓自己變成徘徊不肯離去的陰魂。

「海哥！」老人突然想起，「你，你怎麼來的？」

「我已經沒有掛礙，所以我自由了，我時常在漁庄守護，也常回家看我妻子和孩子，我經常庇佑他們。我們很多祖先也都時常回來，在海上，在船上守護，只是你們看不到。」

老人終於恍然大悟，海哥終於從一個充滿自我執迷，被自我束縛的水鬼，變成漁庄的守護祖靈！

「我知了！」老人說，續而他發現，心裡面那些障礙開始鬆動了。

這時船已經從遠處駛來，並發出靠港的汽笛聲，老人果然看到他的許多祖公、祖媽們。

「秀枝！」老人也看到秀枝在船上跟他招手，她恢復新婚那天最美麗、最動人的樣子。

「阿興，我在這兒！你看，網都補好了，我們的夢都沒有破去！」秀枝大聲喊著，並揮著一面金光閃閃的漁網。

「秀枝，等我！」老人的靈魂於是完全脫離身體，準備上船了，但他又回過頭對阿凱說：

「阿凱，阿爸先轉去祖船，你阿母也在上面，不過我和阿母會再回來漁庄守護你們，我們的祖公、祖媽也都一直在守護你們，不要哭！」

「阿爸，」阿凱突然心有所感的對著彌留老人喃喃自語，「我們這些兒子、媳婦不孝，你不會生氣嗎？」

「憨子，你們都是我的心肝，氣啥？」

阿凱突然覺得老人身體剎那間鬆開了，就像他的所有病痛、苦楚、執著，瞬間都消失了，只留下一點帶著笑意的臉龐。阿凱於是用手摸摸老人的鼻子，發現老人已經安詳的去世，沒有呼吸了。

「阿爸！……」阿凱握住老人的手，卻沒有大聲的哭出來，因為他真的確定有聽到阿爸最後交代的話。

然後阿凱好似聽到一聲船要開動的笛鳴聲，不知怎麼搞的，他就是知道，那是祖船，而且阿爸已經上船了，但阿爸只是暫時搭上祖船去找阿母，他和阿母會再回來，那時他們會變成祖靈，回來守護我們這些子孫仔和漁庄。

（本文獲台北縣文學獎）

一　萬世其華

廟口，一個人與神交界與永遠爭執的地方。原本大家都說，這場人神的爭執，無疑的是人贏了，因為人創造了神，然後又任由流浪漢、地痞、娼妓、政客、各種未經教化的生物毫無忌憚地佔據祂的地盤。但是我不這麼想，贏了會哭嗎？贏的應該會笑才對，那天我確實在大殿上看見觀音眼角滲出了一顆淚水，她哭了，表示在人神的這場戰爭中她沒有贏。

（一）

黑暗中阿漢睜開眼睛，位在高處的天窗慷慨地讓一道微弱的星光照射進來，阿漢卻不能直視，好像它是一團尊貴得不容侵犯的光芒，尤其進了這個小小的、四方形的地方後，阿漢更害怕見到任何可以看清事物的東西。

「你不想起來走走嗎？」一個聲音跟阿漢講。他不理會繼續躺著，這些日子他一直想起以前很多的事情，包括微細的、遺忘的、夢境的、幻想的。

「真的、假的、……真的、假的……」尖銳的聲音像刀一樣來回迴盪著、飛旋著，割著阿漢的耳膜。

「啊！」山裂開了，海溢出來了！阿漢頭痛起來。

「住嘴！」阿漢叫道，閉緊雙眼，牢牢摀住耳朵。

「看，一個小孩！」那聲音繼續對阿漢說。他睜開眼睛，真的有一個小孩沿著星光走下來，越走越近，阿漢跳起來全身發著抖，不要，不要讓我看見他，求求你！

（二）

細漢仔在龍山寺附近徘徊不敢回家，他討厭見到父親，他正是老師所講的壞人。他白天踩三輪車撿些人家不要的中古貨，晚上在夜市附近擺攤子賣烤香腸，警察來了就跑給警察追，好像警察抓小偷一樣，每回追輸了，就回家打人發洩。

有一次，學校在朝會上重申，決不可以在校外買零食，因為那些都是不衛生的，譬如外面賣的烤香腸，很多都是用死雞肉和死老鼠肉做的。我們聽了都覺得很嘔心，因為只有沒人要而且還長了瘡的貓咪才吃這東西，細漢仔頓時感到，全校上千隻眼睛都仇恨的向他注視。

「他爸爸是壞人，」一位同學說，「他和他爸爸被警察抓過。」

那是他讀小學二年級的時候，那晚他在廟口夜市閒晃，突然，傳來很吵雜的聲音，圍了好多人，爸爸對前來取締的警察罵三字經，說怎麼可以連續兩天罰單都開他的。大概爸爸太不可理喻了，警察終於要沒收他們的東西，一陣扯拉後，警察架著要他上車。

細漢仔發現情況越來越不對勁，他們硬要將爸爸塞到車子裡，爸爸發出咆哮哀嚎的聲音，好像要被人屠宰的野獸，整個身体瘋狂的扭動、抽搐，細漢仔便跑向前去。爸爸一直將細漢仔抱緊，警察原本想將他拉開，但他和爸爸抱得太緊，所以就將他們一起弄上車。

車上爸爸抱著細漢仔，細漢仔發現爸爸嘴角流血，啜泣著，細漢仔倒不哭了，愣愣的望著爸爸，想著一個嚴肅的問題：他是不是一個壞人，不然警察為什麼要抓他？一陣寒冷從心底直衝了上來……

到了警察局後，警察要他們坐下，跟他說了一些細漢仔聽不懂的話，什麼大家都是為了生活，要互相體諒。末了，警察又用車子載他們回去，圍觀的人相互交頭接耳著。後來，爸爸要他幫忙尋找方才掙扎中遺失的一隻拖鞋，這時細漢仔才發現原來爸爸只穿了一隻鞋，沒穿拖鞋的另一隻腳，看起來很粗糙，像皸裂的龜殼。但細漢仔找了很久都沒有找到，一直到現在，他都沒有找回在那次事件中遺失的一件東西，而且它也越遺失越遠了。

當然，從那天起，細漢仔便成名了。但是現在什麼都不切實際，他只要十塊錢。因為他在上課鐘響後還繼續講話，被班長登記，前後已經累積了十次，明天再不交錢，就要報告老師。哪來的錢？情急之下細漢仔威脅要打班長這個走狗。

但是今天細漢仔卻突然覺得他實在沒有需要這麼窩囊，為什麼在學校老師不疼，在家裡爸爸不愛？他們誰有權力對我這樣？他想，長大後，我一定要離開這裡！

（三）

「你走開！」阿漢叫道，「我不要看到你！」他憤怒的要趕走停在面前的小孩。小孩癡癡的望著阿漢，眼中充滿了無辜，他不說話，難道他從來沒有辯解的機會，所以已經喪失說話的能力？

「為什麼，細漢仔，你要去偷錢學壞？」阿漢一探身，用力抓緊細漢仔，搖著他，細漢仔露出驚慌的眼神。

「都是你不受教，長大後我才會變成個樣子！」

「……你是誰？不，不可能，……我長大怎會是這個樣子？你好醜陋！」，小孩雙手一直掙脫，一直往後退。「你真的好醜，像……鬼！」小孩一直退到牆角已經無路可去了，卻還試圖用背部推開牆。

「像鬼……？你說我……你自己……像鬼？天哪！」阿漢抱緊頭顱瘋狂扭動，瘋狂吼叫，一股自殘的衝動湧了上來。我要，是的，我要一股刺痛，一股錐心的刺痛，最好帶點血，那表示將要毀滅了！嘻，嘻！

「撞死你，撞死你！別人怎麼說你都沒關係，但你怎麼可以笑自己？」阿漢一個箭步上前去抓住細漢仔，開始猛烈的用頭撞他的頭。

砰、砰、砰，牆壁發出巨烈的撞擊，血流出來了。

「三一四，趕快！」外面守衛趕緊奪門而入。

「不要抓住我，我要死了！……」阿漢叫道。慌亂間，細漢仔從他手中滑落，一級外傷了，不能動了……

「綁起來，揍他，看他還做怪不！」

「不要抓我，我要死了，差一點就死了！……」

「打針，快！」，「喲！」手臂一陣麻痛，阿漢全身軟了起來，站不起來，跌下去，雙眼模糊……

「細漢仔，不要怕……」阿漢慢慢伸出手，要抓細漢仔，細漢仔像水蒸氣一樣，越來越消散，越來越遠。

「不要走，細漢仔……終究……你還是一個孩子……」阿漢終於不支倒在地上。昏去之前最後一個朦朧的念頭在他腦中閃過，他好像問自己：「命嗎？」

（四）

「這小孩業障重呀，剋六親，將來可能不好養！」

「是啊，他是難產的！」母親也一臉的沈重。

那人穿著一件彩色肚兜，剛開始時全身不停的抖動，發出奇怪的聲音，說著奇怪的話，做著奇怪的動作，一陣痙攣後，他又變成神了。在場的每個人都假裝不在意的等著偷聽他和母親的將來。

「嗚、嗚、嗚……」那人又一陣抽動，「重呀、重呀，唉！」，細漢仔發現母親臉色更加沈重，她一把將他拉了來，要他跪好。

「請師父指點，我願意盡一切代價彌補！」她也跪了下來，然後按著他的頭要他磕頭。

「嗚、嗚、嗚……」師父沒有應允，好像在思考什麼的發出聲音。母親卻像壓皮球一樣，死命的來回壓著他的頭，我頭暈哪，還有那麼多人在看！

「嗚、嗚、嗚，我看，只好……」師父終於開口了。

「放開我！」這時細漢仔卻叫了起來，「會痛耶！」他甩開母親的手，站起來。

「要跪妳自己跪！」然後細漢仔頭也不回的跑出去，在跨出門檻的剎那，細漢仔聽到眾人重重的嘆息，和母親近似發狂的尖叫。

跑了一會兒後，他開始有些後悔，母親可能很難過，每次她都跟他提起為了生他而難產的事，但是太遲了，因為他已經跑得夠遠了。

那是一個傍晚，母親挺著一個大肚子，整理爸爸帶回家的一些中古貨，一不小心，她摔了一跤，無力的癱在地上呻吟著。可是雜物堆滿了她的面前，像一座山，一個受傷的孕婦爬不過一座山。等到酒醉的爸爸踏著踉蹌的步伐回來時，她已經沈到一片血海裡去了。

聽說，後來爸爸背她去醫院，可是醫院要求他繳付保證金，當然，父親連最後的幾個銅板也拿去買紅標米酒頭了。他跪在醫生面前一直磕頭，醫生也愛莫能助，最後鄰長出面，找到一輛載豬肉的硬板車，將母親放在上面，送到接生婆那邊，死馬當活馬醫。

母親和細漢仔幸運的活了過來，但從此他也不會再有弟弟或妹妹。

（五）

「細漢仔，細漢仔！……」阿漢驚醒了過來，詫異著，頭好痛，慢慢起身，確定現在是在戒毒所的三一四病房後，他回憶剛才發生的事形，那只是一場夢遊吧。

走廊上傳來腳步聲，然後阿漢的門被打開。

「沈明漢先生，你身上的毒在我們獨家秘方的診療下已經清除，恭喜你可以出院了，令尊在樓下等你！」

阿漢跟他們走了出來，看見父親緊張的坐在那邊。他現在竟怕我了？是的，每個人都怕我，尤其當我敢拿著開山刀、白著眼珠、步伐錯亂的盯著他們時。

父親跟他們不斷道謝，然後父子一前一後的走出來，父親叫了一輛計程車，先坐了上去，阿漢遲疑著。

「進來吧，阿漢，回家的路很遠呢。」父親說。好吧，阿漢心裡想，反正我也不會跟你講什麼鬼話。阿漢坐了進去，小心的不讓自己的身體、大腿、指頭、呼吸跟這個老人有任何的接觸，當然還有眼光。

車開了一會兒，父親幾度想講話，卻欲言又止。

「房子要被拆了，」半晌，父親似乎是自言自語的說，「下月初八強制拆除，快過年了吶。」阿漢沒有答話，沒有表情，沒有訝異。

「拆了之後住哪裡？跟他拼了！」父親還是自言自語著，阿漢還是沒有動靜。他們就一直安靜的回到家裡。

回到家裡後，阿漢走進房裡，自從母親死後，阿漢與父親已經水火不容，後來索性將廚房中的雜物清理掉，在那兒搭了一道門板當床，阿漢已經記不清家裡有多久沒有開伙了，兩年、三年、還是更長？

「要不要吃碗豬腳麵線？我特地買了一碗。」豬腳麵線？他當我是出獄嗎？阿漢沒搭腔，頭又開始痛了！

「……那，待會兒餓了再來吃，順便跟你媽燒個香……」一股不安、激動、灼熱的情緒莫名地由胸部升上來，漲滿了全身，「我聽說……」

「X！……」阿漢狠狠的拿起床邊的鬧鐘，往牆壁上一摔，剎時天地間只有一聲巨響，然後父親的聲音停止了，所有的聲音都停止了，像停格的電影一樣，凝固了。一會兒，阿漢聽到父親出去的聲音。

又發作了，阿漢全身抖動著，再熬幾次就好了！但是，他的身體又燒起來，喉嚨快要裂開！阿漢衝出去，看見一個愁容滿面的老人——他父親，竟無助的蹲在一堆抗議布條裡，像一個乞丐。

「阿漢！」父親跑上來抱緊阿漢，「忍一忍！」

「給你！」父親塞給他幾顆藥丸。看見是藥，阿漢本能的將它吃下去。老人，他父親，把阿漢拉進房裡：「睡一下，醒來就沒事了！」

阿漢還是不講話，偏了身子睡過去。忍耐、忍耐，他一直告訴自己……。父親走出去，他聞到燒香的味道。顯然的，父親在上香，他要祈禱什麼？阿漢想起，他還沒給母親上香，他在祈求母親原諒我？

他只知道，母親這輩子一直扮演一個役畜的角色，勞動，不斷繞著一個固定的圓圈、拖著超出負荷的石磨勞動。當成男人，他父親洩欲的工具，還有生殖，……他頭又痛起來，許多奇怪的聲音傳出來……領取廉價報酬，譬如一綑乾癟的草梗，或發酸剩下的牛奶，而這些報酬只是為了引誘她繼續付出更多。聲音越來越大聲了……好像是人的聲音……但是最後，她的兒子也沒有為她的死掉眼淚。

聲音越來越明顯，阿漢看到一團煙霧，細漢仔又急急地跑過來……

（六）

細漢仔安穩的睡在媽媽懷裡，兩手摟緊媽媽。細漢仔做夢，夢到他一直這樣抱著她，但是媽媽突然推開他。

「睡過頭來不及啦，工廠要遲到了！」媽媽緊張的叫著，凌亂的穿著衣服，頭髮也沒梳，轉身奪門而出。

「媽媽！……」細漢仔驚醒過來，跳下床追出去。

「阿漢！」媽媽回頭了，他決定要撲到她懷裡！

「進去、進去！」媽媽卻抱住細漢仔，將他丟進屋內，然後將門一鎖。細漢仔愣住，等他回過神，已經不見媽媽的蹤影，他哭著睡著，夢見又和媽媽睡在一起。

這樣的日子不知過了多久，細漢仔已經知道，媽媽轉回頭只是要將他和黑暗一起關在房裡。後來他還發現黑暗是一個很美麗的世界，就跟睡著了一樣。剛開始時，睡著了還會作些惡夢，但後來，睡著了就是時間跳走了。所以他反而開始喜歡它，一種什麼都沒有的世界。

「阮阿漢最乖，都不會黏人。」一天，在媽媽難得不用加班的假日，細漢仔在門口獨自玩著堆石子，發現她跟鄰居如此炫耀他的長才，用一種很得意的表情。

他望著她，一股涼意從背脊升了上來，這個女人真的是媽媽？不，雖然模糊，但他很清楚記得那種感覺，一種會撫摸他、親他、抱著搖、自動唱歌的感覺，軟軟的，暖暖的，柔柔的，像，像，像……細漢仔說不出來，但一切為什麼都冰冷了，像手中的石塊……滑落……

細漢仔不說話，他想，好像她丟掉他撿回來的小毛狗，東西或許本該就是如此：失蹤、離散、堅硬。

就拿一次禮拜六下午學校要開母姐會來說吧，那天工廠又要加班，他偷偷翻牆跑進工廠，好不容易找到她。

「去去去，趕快走，工廠規定不能會客，你要害我被領班罵嗎！」未等他開口，母親已急忙推他出去，然後又匆忙的回工廠。走了沒幾步，她又返過頭，塞了五角錢給他。「上課又講話了是不是？」

細漢仔突然發現，走人——回頭——丟棄，是她一直慣常對他做的動作程序。但是現在她會偶而給他五毛錢。

所以，在國一那年，當他見了那個被人從工廠運回來、渾身是傷、已經斷氣的女人時，還不太認得她，這個女人為什麼頭髮都白了呢？為什麼有那麼多皺紋呢？為什麼那麼瘦小呢？為什麼會貧血從樓梯上一直滾下來呢？最主要的是，她為什麼會被送來這裡呢？

鄰居拉著要他跪，要他學著像狗一樣從門口一路跪著哭進來，他理也不理，甩開他們，調頭跑到廁所裡，很驚訝的望著鏡子裡所反射出來的一切事物。

「啊！怎麼會有這些東西？」他叫了起來，一拳搥在鏡子上，鏡子破了，血濺出來了，像紅色的泉水，鏡中世界沒有了，世界沒有了，原本什麼都是無的，本來就是這樣的……

「不孝啊，可憐秋妹啊，死沒人哭喔……」

（七）

「媽、媽……」半夢中，阿漢囈語著。

阿漢從床上爬起來，一步步走向前廳，因為他聽見了，聽見母親在那裡做人造花加工的聲音，她會遲頓的算著，一朵、兩朵、三朵……像個小女孩一樣。往常，阿漢走出客廳，母親會抬起頭不經意的看他一眼，然後又低下頭去繼續算著，四朵、五朵、六朵……

阿漢腳步停止了，心裡害怕起來，害怕再邁一步，會看到空無一物的空房，會發現母親不在那裡，但他真的聽見她在算花的聲音，七朵、八朵、九朵……

好吧，再讓她瞪我一眼好了，阿漢心裡遲疑著。終於他鼓足了勇氣，裝作若無其事的樣子，踏出前廳……十朵、十一朵、十二朵……

十三朵、十四朵、十五朵……

「不要躲了，」阿漢聲音顫抖，「我有聽到妳的聲音，妳從來不跟我玩的，妳出來吧，讓我看看妳！」。前廳根本沒人。

十六朵、十七朵、十……八朵……

「對，十七下來是十八，」阿漢的聲音有些哽咽，「我幫妳把花裝到箱子裡好嗎？」

十九朵、二十朵、二十……朵……

「二十朵就放一堆啦，不然妳會亂掉！」一顆淚水在阿漢眼角閃爍著。他蹲下來，煞有其事的做著動作。

阿漢將花弄整齊了。「一朵、兩朵、三朵，我幫你數……，我想，我想，今天晚上帶妳去吃蚵仔煎好了，四朵、五朵、六朵……」阿漢自言自語道。

「廟口東邊那一家很好吃的，你吃過沒？我想，妳一定沒吃過。」

七朵、八朵、九朵，是的，她一定沒吃過，對她來說，這太奢侈了。

「妳為什麼老是不理我嘛！」阿漢有些生氣了。

「從小就這樣，像一塊木頭！……木頭？」阿漢抬起頭，看見桌上擺的一塊刻有她名字的木頭——她的靈牌。數花的聲音停了，空氣中母親的聲音消失了。

阿漢倒抽了一口氣，然後整個人跌坐到地上。

「……，妳還會回來嗎？……」

…… ……

「妳回來我再幫你數花，好嗎？」

…… ……

半晌，阿漢撐著站起身。

「算了！」阿漢用手臂抹過眼睛，他的眼睛有些紅，嘴角因為抿住氣息而跳動著。

「我要出去了！」他要脾氣的開門走出去。阿漢不死心又回頭搜尋了一下，母親還是沒有出現，沒有問他要不要回來吃晚飯。

他砰的一聲將門用力的關上，然後很大聲的號啕起來。

阿漢像機器一樣，自然的循著以前的老路，來到「查某間」，他慢慢的走著，一個女人聽到腳步聲伸出頭來，當她看清是阿漢後，連忙縮回頭，並鎖上門。

阿漢回過神，前後左右繞了一圈，終於確定現在的位置，他靠上去用力的敲門：「我啦，開門啦！」

女人不應聲，阿漢又大力敲著，「╳！阿漢啦！」

「你走吧，我好害怕！」女人央求道。

「……，妳害怕？我對妳們不好嗎？……」

阿漢像被戳了洞的皮球，再也鼓不起氣來。為什麼？女人都是這樣？連心蕊也對她這麼講？說她害怕？

「心蕊在嗎？」阿漢用幾乎是哀求的聲音問道。

「你吃安吃太多頭殼壞去啦，心蕊走啦！」

「走啦？去哪裡？」阿漢疑惑道。

「瘋子，不理你啦，等大哥回來再說吧！」

「我想起來了，」阿漢自言自語道，那天我跟她說，我喜歡她，想娶她，嘻嘻，她說，她好害怕！

阿漢轉過身沒有目的的走著。是的，她是這麼害怕，但她不是一個柔弱的女人呀！她見過多少裸露、長瘡、變態、流著唾液、到處射精的男人，並與他們做過多少次的爭戰，每次都能活著生還，為什麼害怕他喜歡她？

「我們做愛吧，」心蕊說，「只要不說要娶我！」

「不！」阿漢用力的扭轉手臂，卻跌倒在地上。

「我們要結婚以後才可以！妳不一樣！不一樣！」

「不要這樣！」心蕊拉住阿漢，他正捶自己的頭。

「你真的喜歡我嗎？你發誓！」心蕊說。阿漢點頭。

「你願意等我嗎？」阿漢點頭。

「等過一生一世？」阿漢用力的點頭。

「好，我相信！我們約定，下輩子做夫妻，請觀音媽替我們做證！」

阿漢狂叫起來，「騙人！騙人！」

「我要給我的愛人，一個最純白的新娘！」心蕊說。

那個夏天，阿漢和心蕊一起上了山上，在後山繞了一大圈，走到山的高處。

「妳看到山谷了嗎？」阿漢說，「有人說，山谷的回音就是天地的回應，就是神祇的允諾。妳要什麼就喊出來吧。」

心蕊羞遲了會兒，終於喊道：

「沈……明……漢……」

「沈……明……漢……」

「沈沈……明明……漢漢……」

阿漢愣了，山谷裡一個陌生的名字迴盪著，一遍、兩遍、三遍，誰在叫這個沒有意義的名字？阿漢呆滯的向心蕊望去，見她小鳥一樣輕盈的蹦跳著，一會兒就跑得失去了蹤影。是啊，她終究也只是二十出頭歲的女孩！

但是，傻啊，心蕊，妳堅持要做一個純白完美的新娘，然後，竟然用水果刀劃過自己的手腕，用鮮血為妳做見證，希望來世，能將自己這樣的交給我。

心蕊，妳心裡一定還有夢，所以才會決定擺脫這條鍊，是不是？為什麼老天給妳一條悲慘的鎖鍊，卻又教你用它來勒緊自己？傻啊，我聽說，自殺的人將來是要加倍受苦的！觀音媽，請您原諒她，好嗎！

不過沒關係，心蕊，親愛的心蕊，每天在點燃了一匙安後，我會與妳相會，在這個沒有人可以打擾的世界裡，我會盡量的疼妳，我不准牛頭馬面抓妳去受罰，不然我就跟他們拼命！

（八）

一場大戰就要展開，上百個綁著白色頭巾的居民與一排排展開的警察與怪手對峙著，因為限定撤離違建的最後期限已經到了，幾經折衝無效後警方決定強制實行。

「請大家配合拆除行動，不要阻擾公務，拜託！」

「先打死我們好了，不撤！」群眾中有人帶頭率先喊話，所有的人跟著喊起來，並手拉著手築起一道人牆。

「那我們去請各位出來，以免各位不小心受傷！」

大戰終於展開了，拉扯、尖叫、詛咒、灰塵、磚頭、盾牌……。阿漢混在人群裡，面無表情的看著這一切，他看見父親為了維護一個已經殘破的家拼命的作戰。

時間一分一秒過去，人群終於不敵警力的驅散，慢慢散開，這時怪手一輛輛隆隆的開進來，怪手高高舉起、放下，磚頭、泥土，剎時解體、傾倒……

阿漢看到父親還不死心，正打著游擊戰，他四處奔竄，與人交頭接耳，勘察情勢，彷彿要發動另一波反攻。阿漢看著突然想笑，他為什麼要做這麼無聊的行為？

零星的反抗也逐漸消失，怪手已經更深入的驅進，許多違建都在警力保護下化為灰塵。阿漢看著父親已經喘著大氣，體力透支行動遲緩，他已無計可施了，但卻仍緊緊的跟著怪手，虎視眈眈的望著它。

隆隆的怪手不斷前進，終於輪到自己的家要被拆了，阿漢還是沒有表情，因為，那本來就不是一個家。

「等一下！」阿漢的父親此時卻狂叫起來，並且死命的往屋內衝。

「危險啊！」眾人大叫拉住他。

警察見狀圍了上來，他卻發瘋似的掙脫要衝進去。阿漢發現，父親每掙脫一下，便多了一道淚水、一道血跡、一道傷痕。阿漢木然了，這個悲愴、滄桑、將要無家可歸的老人，是他的父親？

「求求你們，」阿漢的父親跪了下來，彷彿在哭訴哀求，「我老婆的靈牌還在裡面，讓我去拿出來！」

晴天的一道霹靂，像一顆炸彈開在阿漢的頭上，阿漢頓時間感到天旋地轉，媽的靈牌還在裡面！

「我磕頭！」阿漢父親叫道，叩，叩，叩！……

阿漢父親歇斯底里的哭鬧扭抱，警察被這突如其來的事件愣住了，一時不知如何處理，直叫他先站起來。

「放開他！……」此時，阿漢卻發瘋一樣的衝了過去，像抓狂的野獸一般，奮力的撞開抓住他父親的警察，警察受到攻擊，便開始反擊。

「去救媽的靈牌！」阿漢喊著。屋瓦、碎片、鋼筋正像山崩一樣的落下，阿漢的父親卻趁機奮不顧身的衝入屋內，眾人大聲喊叫，教怪手停下來，但機器的隆隆聲像打雷一樣壓住眾人的呼喊，而落石，卻像雨一樣的下著，警察趕忙上前制止怪手繼續施工。

混亂中，阿漢的父親抱住亡妻的牌位又衝了出來。

「不要打我兒子！」他一直衝過來，將警察拉開，但他的頭顱剛剛被屋內落下的磚塊擊中，一會兒便倒在地上血流滿地的暈迷了過去，但胸中仍緊緊抱著妻子的靈牌。

（九）

阿漢的父親躺在病床上，眼睛睜著，兩人沒有說話。

再過幾天就過年了，幾個頑皮的小孩已忍不住誘惑，先試射起衝天炮，打破一點冷清的氣氛。

阿漢突然想起，昨晚做了一個夢，其實，也不算是夢，它是真實發生過，但卻在夢中出現。那時，他們很窮，他從來沒有零用錢，後來他存了一點錢，去買了一個史豔文，那是他一直夢想得到的、一個可以掌握在手中的東西。後來，木偶丟了，也不算丟了，那是因為，有一天父親用三輪車載他去辦事，途中，發現有人被車子撞了躺在路邊沒人救他，他流了很多血，父親很慌張的把他搬到車上，然後飛快的踩著車將他送去醫院。

父親飛快的踩著車，阿漢也著急的一直拍打那人的臉，希望他清醒過來，結果車子一個振動，史豔文一不小心掉到車外去了……

阿漢看父親踩的那麼慌張，那個人又那麼緊急，他猶豫著，是否要叫父親停車？……猶豫間，車子越來越遠，他更猶豫了，木偶重要，還是送這個人去醫院重要？……最後，他想，他想，回來再撿，或許還撿得回來……誰知道，這時候一個小孩突然跑出來，他看見史豔文，很興奮的喊著：「我撿到一個木偶！」然後又很興奮的帶著木偶逃離現場，這時候，阿漢大驚起來，卻喊不出聲音！……

「失去心愛的東西確實很難過，真的，很難過！」阿漢說。

「你很愛媽嗎？不然，為什麼要拼死去搶救她的靈牌？以前我都以為，你不關心她，和我……」

「……」阿漢的父親沒答話，眼中開始泛著光。

「昨天晚上，我去龍山寺拜拜，我第一次，第一次，……請神保佑你！我對著觀音媽坐了很久，想了很久，後來，我發現觀音的眼角滲出一顆淚水，我不敢同別人講，因為我太卑微了！我想，祂要告訴我，不要再放棄了，真的，不要再……放棄了，……」阿漢哽咽著。

「……」阿漢父親眼睛的光變成一團迷濛的水氣。

「我已經在附近找了一家工廠做工，另外打算，明年七月再去考高中補校，或許，或許將來還能考大學什麼的……」

「……」

「我想，如果你不反對的話，以後，你跟我一起住，當然，如果你不反對的話……」

「……」

「本來，本來我想，你也可以報名去參加小學的補校，我問過人家，只要三年就可以畢業了……」阿漢偷偷轉過頭去將淚水拭去。

「……」

「我可以教你呀！」阿漢說。

「……」

「很簡單啦，譬如ㄅ，就是爸的ㄅㄚ……」阿漢說。

阿漢的父親眼角沁出一行眼淚。

「……爸爸的ㄅㄚ？……」

「……」

「……是啊，爸爸的ㄅㄚ……」阿漢哽咽道。

「我們回家去吧！」阿漢枕起父親的頭，啜泣著，良久。

「沈先生，」佇立一旁的醫生終於靠了過來，「請節哀，人死不能復生，請讓我們將令尊送到太平間吧！」

阿漢放下父親，發現他的眼睛已經閉上了，是的，人是應該瞑目的。但是，瞑目是永遠再無法睜開眼睛了。

二月天哪，阿漢覺得，今年的節來得太早，年紀有時老得太快，快到你還沒看清楚，就老了。他現在才看到，父親的頭頂其實早已禿了，只有幾跟細毛挺著。阿漢突然瞭解，他原以為自己一直怨恨父親，可是現在才知道，原來他也一直將父親擺在心中。現在，這個人就要永遠消失了。永遠，是什麼意思？眼前這個即將被運走的老人是如此陌生，陌生到像一個路人，再過幾年，還能記住他的樣子嗎？他的樣子？……阿漢一時無法克制，追奔了過去。

「爸！——」阿漢終於大聲的叫了出來。

（十）

阿漢總是固執的堅持，父親、母親、心蕊都不曾離開他，他總是擺四副碗筷，出入門時都一一向他們問候請安，並買了很多他們的用品和食物，晚上還不時傳出笑談的愉悅聲音。有人說他發瘋了，有人說他吃安吃壞了腦子，老是幻想和他們住在一起。

後來阿漢考上高中補校，對人說，為了工讀方便，「他們」全家要搬走了，臨走時還告訴別人，他「喜歡這裡」，因為他們全家在這裡生活得很愉快。反正也沒人在意，從此就再也沒有他的音訊。

就在鄰家小孩都長大了的這麼多年後，學校輔導室調來了一位師大畢業生，他有一個習慣，每天一大早就起床，騎著腳踏車迎著太陽升起的方向去學校，他固定要經過龍山寺，這個人與神永遠爭執的地方。上任第一天自我介紹時他說，他的工作就是把那些墮落的、遺忘的、迷路的，全部找回來，因為，他喜歡這裡，他要這裡的香火綿延不絕，萬世萬代的繁華！

（原載「綠川文藝」，時報文學獎入圍作品）

一 觀自在

南庄，獅頭山的靈氣貫穿了翠綠的山，和蔚藍的天，在林間迴盪著，在谿壑間潺潺流著。

觀落陰儀式已經開始，法師身著大紅色道袍，一邊敲著小磬，一邊由慢而快唸著咒語，要集體帶領眾人進入一個神秘境地——地府，探訪他們的親人，阿賓這次來的目的，是要探訪他祖父。

在法師急急如律令催促下，阿賓的心反而像著火一樣焦慮起來，豆大汗珠從他額頭逐漸蒸發出來。法事前，法師特別給眾人閱讀一本冊子，清楚說明待會兒看到各種不同訊號，所代表各種不同的意義，然後在每個人眼睛上矇上一條紅布條。

但現在阿賓腦波混亂成一團糾纏在一起的棉線，閉上的雙眼，仍有模糊影像在不停跳動，變化著各種不同形狀、顏色，甚至或遠或近不斷轉換著，那樣景緻，很類似科幻片，宇宙誕生或進入一個混沌世界，時空與物質呈現對稱、圓狀，但不規則的扭曲、轉移、變形。

阿賓不知道，這樣類似萬花筒不斷變換的影像，是否就是法師說的訊號？但他決定，抓住其中一個圓形訊號，緊緊跟著它，讓它帶領他到一個更深更遠的境地。但此時，那個圓形訊號，卻又一下子幻化成許多水泡一樣的小圓，像從水底漂浮上來一樣，拓散開來，阿賓一時之間不知道如何是好，所有企圖又瞬間破滅。

阿賓又覺得，心中那把火不但燒得更旺，甚至連身體也跟著灼熱起來。

「專心聽著我咒語，不要急，慢慢來，心靜了，帶領你們的那個訊號自然就會出現。」法師還是邊敲著小磬，邊叮嚀的說，顯然的，他已經從許多人煩躁表情上，看出失敗帶給每個人挫折，甚至痛苦，因為那代表要見過世親人的期望，又再一次落空。

於是阿賓決定只要專心聽著法師咒語，那些捉摸不定影像，說不定就會自己慢慢安靜下來，聚相起來，然後終於馴服的帶領他去敲開地府大門。

阿賓不再理會那些影像，法師咒語一字一字像電鑽一樣地鑽進耳裡，他有時聽清楚咒語內容，但大部分時候並聽不清楚。然而法師說，並不需要聽清楚咒語內容，這些咒語自然會讓那些影像出現，只要放心讓師父帶領，師父自然會帶領你進入那個凡人不能進去的地方。

但此時阿賓腦海浮現出來的，卻不是那些引領訊號，而是這次要來尋找的人——祖父的身影。阿賓很清楚的看見，那時祖父已經斷氣，身上蓋著白色中央縫上紅綢的被單，斷氣前，他就被移置到大廳門前左邊臨時搭起的鋪子，腳朝外頭朝內的放置好，那個臨時鋪子是用三條長板凳、一張床板，臨時搭建起來，鋪子週邊圍著一張白幔，這裡成了祖父壽終正寢所在，這次祖父枕著冥紙真正睡著了。廳堂中神明與祖先檯位，已用紅布幔圍繞起來，一塊寫著祖父姓名的白布，也在廳堂一角祭祀，祖父魂魄現在就暫時住在那裡。

阿賓就在圍起布幕的壽終所裡，遵照長者指示，在祖父腳尾下一個鐵盆裡，一張搭著一張，慢慢燒著冥紙，而腳尾地上也放著一碗飯，上面放著一粒煮熟沒有撥殼的鴨蛋，正頭插著兩支筷子，一盞白色蠟燭持續亮著。但阿賓心理其實覺得有些異樣，這是第一次他離一個死人，一具屍體這麼近，縱使這個人是他祖父。

他想起，祖父在彌留前呼吸逐漸變得淺短而緩慢，而且多次氣就哽在喉頭，好似再也吐不出來。

「看拖不過今晚。」隨著那個頻率的趨緩與斷斷續續，隨侍在側的親人都這麼預言，在場輩分最高的五祖姑婆於是決定讓伯叔們幫祖父做嚥氣前淨身，接下來儀式中，五祖姑婆就一直扮演指揮官角色。

在幫祖父淨身時，阿賓清楚看見祖父身上既然到處都是杯口大的褥瘡，每個褥瘡都結了隆起的疤、流著黃色膿汁和體液、散發著一股腐爛蘋果味道，他幾乎已體無完膚，好像被炸彈爆破過一樣，渾身窟窿和血水，而現在，正是溽暑火毒七月，他挨得住嗎？

「……」阿賓又往下看，不禁倒吸一口氣，幾乎叫出來，原來罹患糖尿病的祖父，腳盤早已潰爛，那個白白東西是他的骨頭嗎？肌肉潰爛滴流在被單上的汁液，吸引了螞蟻過來，幾隻螞蟻在他傷口上舔舐，好似發現難得一見的珍饈，不捨得離開。

續而阿賓明白了，之前當祖父陷入彌留時，傷口就呈現收縮，體液分泌也停止，但當又清醒過來時，傷口又呈現擴張，體液也開始分泌，螞蟻便又聚集過來。阿賓矛盾了，是否應該希望，祖父早點結束生命，解脫苦痛？還是，這就是所謂的，要償還完痛苦，才能撒手人寰？但，祖父已經中風二十年，躺在床上完全無法行動十年了。

淨身後，眾人七手八腳幫祖父換上乾淨衣服，這些衣服是祖母從箱櫃底層挑選出來，有一件青色襯衫，一條土色西裝褲，和一套灰色西裝，一頂黃色呢絨帽。雖然這些衣物都有了十幾二十年以上深刻摺痕，而且搭配感覺並不相稱，但祖母不同意新置，她相信一生節儉的祖父會反對添購新衣。……

這時觀落陰人群裡，有個女人大叫，那個訊號已經明確出現要引領她，於是法師便走到她身旁，更快速敲著小罄，念著咒語，並再次要眾人不要慌張，只要跟著咒語一起耐心等待引領。

阿賓不知道這個女人成功，對他們來說，是鼓勵還是挫折，總之，現在他眼前所出現的，都不是那些奇怪形狀圖案，而是祖父死後儀式種種景象。大厝（棺木）送來了，事先左鄰右舍門口都被堂兄弟們貼上紅紙條，自家大門也貼了「嚴制」白紙，全家人匐伏在大門迎棺，道士做了簡單儀式，五祖姑婆決定，火毒的正夏，趕快讓祖父入土為安，所有法事也都趕緊相續展開。

祖父於是又被再一次淨身，最後一次剃髮，並換上藍色長袍馬褂，穿上古式鞋襪，戴上一頂西瓜帽，全新整齊裝扮，好像要赴宴一樣。然後五祖姑婆便作勢將食物一一餵給祖父，並喃喃念著好話，餵祖父吃人世最後一餐，接著祖父便被入殮到已鋪滿庫錢、銀紙及生前用品的大厝裡。接著五祖姑婆又放了很多銅板、大鈔、祖父生前收藏的小銀器、值錢物品到祖父手尾邊，另外，還有一顆石頭和一枚煮熟的鴨蛋。最後大家幫祖父蓋上棉被及鋪上撕成五條布條的白布，這就是祖父死後所帶走的所有東西。

「枴杖呢？」祖母問，她擔心祖父上路沒枴杖無法行走。

「免啦，做仙什麼病都沒了。」五祖姑婆說，然後她趕祖母離開，並命令她不能再靠近大厝，她不願祖父靈魂因為不捨祖母而一直徘徊不去，也怕祖母淚水滴到祖父大厝上。

於是祖母在眾人半哄半騙中，被架開現場，她反而成了這場喪禮，死者最親密卻不能靠近的人。阿賓清楚看到祖母被架開時那種傷心欲絕卻又抿著嘴不敢哭出聲音，頻頻回首的掙扎背影，那會比活人肌肉腐爛長蟻，深刻見骨還痛嗎？

阿賓覺得祖母這時很像一個小女孩，被強迫奪走她心愛的寶貝，只能無辜捲曲在牆壁角落啜泣。祖父這時也很像一個小孩，不但任人擺佈裝扮，連那兩頰凹陷的相貌都像極了小孩，這是阿賓第一次發現祖父沒有痛苦，沒有情緒，安安靜靜的表情。突然，他覺得，祖父似乎應該早點死去才對，而祖母在經歷一陣子痛苦與失落後，也會發現，祖父的死亡對她及他而言或許都是好的。

這就是解脫嗎？

入殮完畢，棺蓋被反蓋，沒有釘上，大厝取代臨時舖起的硬板舖，這時祖父白色聯綴靈位也搭起來，置在大厝旁，祖父一張從身分證翻攝，並重新上彩的遺照也擺上靈位。阿賓發現，攝影師手法顯然不好，因為那顏色呆板的好似在死去祖父蒼白的臉上生硬地塗上顏料，而且阿賓還發現，攝影師特意用紙板剪裁成的西裝版子加在祖父衣服上，因為這是祖父讓人見的最後一個印象。但他畫得兩邊並不對稱，而且領帶比例也很奇怪，總之，很像一個幼稚園小孩畫的。

祖父不會介意吧，阿賓想，他一輩子都在勞動，一輩子都沉默寡言，從來都不在意別人眼光，或者說，他們在乎的永遠是米缸裡的米是否足夠，所以都養成隨時去掀米缸蓋子的習慣。

停柩後，全家吃了紅糖煮的麵線，門口也擺上一支帶葉竹竿，上面綁著一條綠色布條寫著「李水田，生於民國元年四月一日，卒於民國八十年七月二日」，而門口天花板也掛起白底藍字燈籠，在不太有風的午後，竹子、竹葉、綠布條、燈籠都沉重的垂吊著……

觀落陰裡那個女人終於在師父指示下，拜託神明（據師父說，那是觀世音菩薩前來指引）將她父親調了出來，但調亡靈過程並不順利，幾經波折後終於在第幾層地獄找到他。

女人嚎啕哭起來，她歇斯底里的哭喊聲，讓人不會懷疑她是偽裝的。經過女人轉述，阿賓跟眾人都明白聽到，女人父親過得並不好，受到很多痛苦處罰，而且應該還有很長一段刑期。這使女人更加悲痛，甚至從椅子上跌落下來在地上蹬著，掙著。從聲音可以判斷，現場工作人員已經過去安撫、攙扶她，但女人尖銳哭喊聲，再也無法使眾人專心去追蹤那個即將出現帶領他們的訊號，眾人更好奇的是，地府生活情形，跟傳說與想像中的不知是否一樣？

「要不要多燒一點紙錢給你，生活會好一點？」女人問。

「……」女人父親沒有回話，這使眾人有點失望，但每個人在心裡都看到一個畫面：女人父親深深嘆了一口氣，然後無奈的楞著。但不知地府長的什麼模樣，他身邊現在是否有鬼使神差押著？

就在他們父女相會，互訴近況不佳的時候，阿賓突然慶幸祖父生前是個好人，雖然他不清楚為何是好人的祖父要在生前受到全身腐刑的折磨。他是個郵差，業餘是個農夫，耕了幾分田，只有幾坪大的家裡又開了一個腳踏車店，白天他們就在這裡營業，晚上傢俬收一收，地上搭幾個板子，兩個大人，五個小孩就睡在地舖上。

天道酬勤，祖父房子和田地就這樣累積起來，還培養了兩個老師，三個店東，而他孫子中還有兩個醫生、一個博士、四五個碩士。之後祖父仍不忘每天到田裡工作，並時常揹著米到斷糧朋友家中接濟。據祖母說，祖父有一個壞習慣，就是像小孩一樣喜歡吃糖，口袋裡總是放滿糖果，不然就渾身不舒服。祖母並且把祖父中風歸咎於一次感冒，他最後一次下田是一個颱風天，他要去田裡放水。

「水田啊，莫去啦，開始落雨啦！」有人跟他喊。

「安啦，」祖父也喊道，「我勇的像牛！」

祖父中風後原先還能動一半身體，那時他開始更專心念佛，阿賓時常看見他一手顫抖翻著佛書，一邊嘴巴歪歪斜斜，喃喃念著。

「阿，阿，賓啊⋯⋯，」祖父吃力的說，「心⋯⋯那放得下⋯⋯，就⋯⋯輕鬆⋯⋯啊！」然後阿賓就坐到祖父身邊，不知說些什麼，只覺得，祖父或許讀出什麼心得了吧。

「我牽你走一圈，好否？」良久後阿賓說。

「喔。」祖父說，阿賓知道他是說「好」，便牽起祖父，祖父於是在他熟悉的土地上一拐一跛，慢慢的巡視著。

阿賓又想起祖父的喪禮，接下來是繁縟法事和誦經，家人還是照三餐供奉祖父飲食起居，並且在供奉前問他是否已經來了，地理師也已經趕修預先就相好的墳地。很快就到出殯日子，告別式禮堂也搭建完成，是最高級的九層。

出殯前一晚，大厝移到大廳正位，在道士誦經和鈸鐃聲中，他們繞著大厝三跪九拜，並繞棺瞻仰祖父最後遺容後。祖父罹病後，壯碩多肉的身體便開始彎曲、萎縮，最後只剩下薄薄的一層皮肉包裹原本就寬大的骨架，現在，因為脫水，祖父又顯得比生前更小了。

末了，道士將大厝裡祖父手尾邊鈔票、銅板和值錢物品拿出，由五祖姑婆一一分給眾人。最後道士蓋上棺蓋，在四個角落釘上木釘，最後一根木釘只淺淺敲一下，再由大伯用嘴咬下來，供在靈桌上。

出殯前他們穿上各式各樣麻衣孝服，照常是家祭，然後公祭，但祖母並未換上喪服，也未出現，她自始至終一個人躲在照顧祖父的黑暗房間裡，似乎在抗議眾人不讓她接近祖父，讓她再最後端詳他。

阿賓這時才突然心驚起來，祖母多久沒有換衣服了？她身上不分寒暑，永遠都是那一套土黃色外套和黑色長裙，而那土黃色外套卻逐漸變成暗褐色，黑色長裙卻逐漸變成灰色，她身上似乎總是散發出和祖父一樣腐爛味道，所以他們總是有意無意躲開她。

祖母，照顧死人一樣的祖父十幾年，難道她也認為自己已經死了？還是她的心已經先死了，否則她根本無法承載如此遙遙無期的折磨與心碎？還是她身體某處其實也開始生病腐爛，甚至同祖父一樣長蟲了？

出殯儀式結束，大厝要移往新墳入土，伯父進入房裡下跪對祖母說：

「阿母，阿爸要出山囉，照例妳不能送，我們會弄好，放心。」

祖母微張著嘴，聽完伯父的話楞了一會兒，還是不說話，都最後一程，還不讓我送？於是祖母把身子一癱，又躺回床上。

於是眾子孫哭泣趴著棺材繞三圈，八個雇來大漢用粗牢麻繩將大厝固定好，並用一跟大木棒穿過麻繩套，這時道士用刺繡毛壇為大厝罩棺。

「一、二、三！」大漢一起吆喝用力抬起，在眾人哭泣、道士誦經、熟人引路紛亂下，大厝就起駕慢慢往門外移動，在棺木要移出大門時，阿賓突然瞥見，祖母就躲在門內偷看，只露出半個頭，她眼皮已經因為年老發皺而下垂，使得眼睛變得很小，而現在，她眼睛幾乎已被淚水淹沒而消失了。

阿賓也第一次覺得，祖母其實很矮，所以，時間壓在她肩上的，太重了，十幾年來，祖母不願丟棄已經損毀的家具、不願丟棄已經發餿的食物，但阿賓從來沒有見過祖母這麼極力想留住什麼的神情，她七十多年來不曾多要過什麼。……

觀落陰裡的女人一邊聲淚俱下，一邊訴說自己在父親過世後的不幸遭遇，包括兄長揮霍僅餘家當，嫂嫂對母親忤逆，弟弟欠下賭債已經跑路，乃至自己先生對她拳腳相向，與子女的叛逆胡來。阿賓覺得，其他人應該跟他一樣，不贊同女人把這麼多人世間吵吵鬧鬧的事，再拿來煩已經身陷地獄的父親，他管得了嗎？

所以阿賓轉而想，如果真見到祖父要說什麼？原以為，祖父過世，祖母卸下照顧他的重擔，會反得解脫，但事實剛好相反，祖母維持祖父喪禮時不說話態度好幾年，直到有一天她跌倒摔斷腳骨送醫急救，家人才知道，原來她早就瞎了，醫生說她眼裡青光石已經很大，但她年紀太老不宜開刀。然後祖母就這樣整天坐著，陽光照到她身上，月光照到她身上，幾隻蒼蠅在她頭上飛旋，兩三隻蚊子停在她臉頰，她都不理會，時光就這樣無聲無息又跳格了好幾年。

直到有一天，家人發現她坐的板凳下有一片水漬，進而發現她把大便拉在褲子裡，並且不斷用手去搔弄，放到嘴裡吞嚥，家人才知道她已經老年痴呆，然後為了輪流照顧祖母，叔伯們決定分家，後來又為了分家的爭執，叔伯間已幾乎不講話。

阿賓夾在上一代恩怨中，對如何與叔伯、堂兄弟們相處，顯得有些尷尬。所以他開始懷念祖父一些行誼，在他還健康的那幾年，他總是要固定去探望他親生兄弟，並帶著田裡成長最好的高麗菜。

「阿賓啊，粽子拿去給三叔公了嗎？」祖父說。

「……」自從祖父過世後，其實是從祖父罹病後，他們族人間就很少來往，但阿賓不敢說。

「沒關係。」祖父說，他還是跟以前一樣，好脾氣無所求，然後站起來走到阿賓跟前。

「阿公！」阿賓叫了起來，「你能講話了？你……你能走了？你……你來了！」

阿賓發著抖，他跳過觀落陰所有繁雜程序，直接見到祖父？一時，阿賓反而不知所措。

「阿…阿媽伊……」阿賓欲言又止，祖父和祖母都不該遭受這樣的折磨。

「恁阿媽常常過來看我。」祖父說。

「什麼？……」阿賓疑惑著。

「恁阿媽極度失智時，伊靈魂就可以過來看我。」祖父說。

「什麼？……」阿賓不知道祖父在說什麼，不由得顫抖的更厲害。

「莫難過了，阿賓。」祖父說，並像小時摸阿賓頭一樣，慈祥的用雙手拍著阿賓手臂，然後他們就跟以前一樣，無語的坐著，良久，直到觀落陰儀式將要結束。

「阿賓，我走囉。」祖父站起身，他發現祖父如五祖姑婆說的，做仙就不用枴杖。

「阿公，我再來看你！……」阿賓流下淚，祖父身上的窟窿應該也都消失了吧。

「免啦，心那放得下，就輕鬆啊！」祖父還是說著那句老話。

祖父對阿賓笑了一下，然後轉身離去。阿賓知道，祖父回到那個自由自在，沒有牽掛的地方，所以，他也笑了。

（本文獲夢花文學獎）

一 怨滅

一新夢見自己的肚臍不斷流出混合著大量水份的拉稀，在拉稀快要流盡時，他就會猛力按自己的腹部，這時，金黃色、綢狀、帶著腥臭的洩物，就又會像水柱一般的射出來。

一新在夢中體會出那種不斷讓物質從身體中散耗出去所引發的虛弱，以及因為虛弱而引發的痛苦。但，不知怎搞的，他就這樣一直按自己的腹部，讓洩物不斷噴射出來，直到自己置身在一堆穢物中，直到自己的腹部終於因為耐不住擠壓而破裂。

最後，一新看到自己癱在廁所坑洞裡，他的身體彷彿已經耗盡死去，但殘餘的拉稀仍從裂縫中滲出來，滲出來。

一新不明白，他為何要做這樣的夢?並且不得不每天持續進行習慣性強迫自慰射精，這樣每天持續進行讓自己深感恐懼的行為?

每天早上，一新都是從疲憊的睡夢中醒來，平心而論，一新的睡眠品質極其惡劣。每晚，他都要凌晨兩三點、在喝到了一定的酒量後才有辦法入眠。入眠的過程並不因熬夜的睏倦、酒精的催眠而順利，慣例的，他會先經過一段清醒與入眠之間的過渡期，在這個過渡期裡，他一半有意識，一半無意識、一半在思考，一半在做夢。

在這個交界空間地帶，一新通常會看到一些不知是否該稱為夢的情景，但他確知那是關於拋棄的情景。被拋棄的，不只是弱小無助的，有些則是當事人（或動物）不想離去，但硬被捨去，所以構成遺棄，乃至造成殺傷。譬如：他經常看到自己在一覺醒來後，發現行軍的隊伍已經離開，而他在暗夜鄉路上驚慌的追趕與嘶叫乃至精疲力竭的趕上隊伍後，卻被當場執行槍決。又如，他也經常看到，回家後，家裡空空蕩蕩的，沒有一個人，他只去上班一天，但屋中的灰塵與蜘蛛網，卻厚得像是累積了好幾年。最後，一顆子彈穿透他的胸膛，他淌在血泊中抽搐，一個聲音告訴他，私闖民宅，該殺！但，這地方原本屬於他的，真的……

清晨七點，當一新無力再抵抗混亂的神經電波而欲昏迷死去時，鬧鐘卻剛好準時響起。一新往往像受到電擊一樣，整個人箭似的射起來，所以，直到現在，一新聽到那個鬧鐘的聲響，就會嚴重心悸，並帶有強烈莫名的、毀滅的恐懼。

起床出門上班前，他慣例經過美紅和小茜的臥房，而慣例的，她們房門總是深鎖著，窗簾也拉得連陽光都射不進來。一新幾乎確定，美紅已經得到自閉症，但美紅死也不肯看任何醫生，包括只是感冒醫生，她擔心，醫生的聽診器會聽出深藏在她心中的秘密。

到了公司後，一新開始恢復正常，尤其當璧菁出現後，他的活力指數開始往上竄昇，思緒開始鮮明。他們討論案子的進度、遇到的阻礙、預計拜訪的客戶。在討論中，一新一方面專注的思考，同時，又能一心二用的對璧菁進行各種幻想（璧菁剛剛一直移動她的腿，一新想，她比昨天更多次數將她的髮撥到耳後，另外，她看我的眼神不是討論問題的眼神，那不夠專注，並且閃爍著光……）。

和璧菁一同去拜訪客戶，是一新最亢興的時刻。在車上，當他們已經沒有公事上的對答時，璧菁就會同他聊起她的種種，包括她經年在大陸經商的丈夫、結婚五年仍然沒有身孕、還有她對愛情的失望……。一新卻在慢慢收集到她的一手口述資料後，回家將璧菁的歷史拼湊成一幅完整的動畫，璧菁的身影歷歷在目，她哭、她笑、她掙扎，每個動作，都巨細靡遺的成為編號完整的檔案。

一新不清楚是他已經愛上璧菁，還是只是把與美紅瀕臨絕境的愛情渴望反射到璧菁身上。但璧菁的身影確實像床前小夜燈發出的柔亮光暈一樣，整夜籠罩著他。但一新後來確定，他已經愛上璧菁，因為縱使家庭幸福的男人還是會愛上別的女人，只是一新比較有理由讓自己的行為合理化。

一新也懷疑璧菁愛上自己（她前幾天腳和他碰在一塊，卻沒有移開的打算，遞交公文給他時，還摸到他的手，但她的手彷彿還在那兒停留了好幾秒，那確實有股溫度從一新的手背一直傳到後腦勺）。一新也曾提醒自己不要妄想了，但後來他還是認為：雖然璧菁夫妻感情有危機，但她也是一個正常的女人，她一定渴望從別處得到愛情。她，璧菁，也才三十出頭歲，比自己小了將近十歲，她會希望從成熟男人那兒得到她一直沒有獲得的安全感。

因為專注璧菁，有一度，一新幾乎忘了美紅，正確的說，一新幾乎忘了憎恨美紅。他一直考慮應該跟她結束婚姻，但他一直沒有開口，因為，話到嘴頭時，他就本能的嚥回去。

一新無法忘記，七歲時，父母親在經歷長時間的爭執、互毆、冷戰後離異，這段時間，他是怎樣成長過來的。沒有父親或母親中的一個，生活的不順對他們而言並非那麼不易排除，不易排除的是怨恨。

父親與他東窗事發後曝光的外遇情人，雙雙與原配離婚，兩人重組了一個新家庭，後來父親甚至很少去探望一新。父親在一新十五歲那年去世，母親那時也交過了幾個男朋友。出殯那天，就是母親的新男朋友開車載他們去的。那時，母親的新情人，是一位有婦之夫，她也成了別人的外遇情人，而這正是她當時離婚的理由。

那天，父親第二個妻子接受第一個妻子對他的祭弔。

現在一新四十歲了，他卻開始企圖重建父親三十三年來的心情，那原本對他來說，是一片一觸即會引爆火山地震的灰色地帶。如果他與美紅離婚，和璧菁交往，他會如此不眷念小茜嗎？小茜會諒解他與美紅的關係嗎？

父親，到底是勇敢的選擇自己的幸福？還是懦弱的逃避自己先前種下的結果？

小茜不會理解的，她還小，只是一個五歲的小女孩。一新想，或許，他會選擇隱瞞事實的真相。因為小茜既然沒了父親，就不要再破壞母親在她心中的地位吧。

所以現在，一新甚至開始懷疑，當年父母親離異的真正理由，父親或許並不像母親或自己先前認為得這麼絕情（不然他為何對另一個女人有情到寧願去承擔遺親棄子、搶奪人妻的罪刑？而對方如果真的是一個狐狸精，她為何又也願意去背負同樣的罪刑？）

一新現在也反而經常去找母親了，他原本對母親撫養他，卻又不斷讓其他男人瓜分情愛的行為，充滿矛盾（甚至因為情愛的不足而引起怨懟，對別人，一新反而不會有這種怨懟）。但現在他也開始對母親諒解，那原本就是她應該有的，沒有人可以或為了特殊的理由應該活在乾涸的沙漠裡。

一新每次到母親住處，總發現她變得更平靜了，大多時候，他會見到母親正在誦經。她筆直腰，跪著，半閉眼，右手敲木魚，左手撥佛珠、翻經書，口中喃喃有詞，唸著。在她唸完經或沒有唸經的時候，他們會進行一些談話。一新想跟她談美紅的事，每次母親都沒有發表太多意見（這與她年輕時的個性很不相符），聽完後，母親總會說：「唸佛吧，我會迴向給你們。」

一新終於發現，母親老了，是啊，都六十五了！人老了，就沒什麼好爭了嗎？一新無法理解，因為他還沒到這個年齡。有沒有什麼好爭，在於心中的怨是否能放下吧？而有怨就是因為有情產生的吧？那人有辦法只放棄怨，卻不放棄情嗎？一新覺得，母親現在變得不只很平靜，也很平淡了，好像，也沒什麼情了。

「媽，那天我原本想留一張字條給美紅，跟她談離婚的事……」這是最近一次一新跟母親談美紅的經過。

「唸佛吧，我會迴向給你們。」母親又這麼說。

對話就這樣結束了。

三年前，美紅受到公司長官的賞識，開始一路平步青雲，她有了密集的應酬，每日晚歸，出差、出國也多得驚人，有時則是晚上打電話回來說臨時要到南部談生意不回來了。但朋友卻好心、謹慎、迂迴的告訴他：

「美紅最近為公司立功太多，屢被提昇，公司同事嫉妒得不得了，也無聊的製造一些風聲，說什麼美紅是地下老板娘，囂張得很。唉呀，反正樹大招風嘛，你要是聽到了千萬不要誤會！」

其實，那些朋友不知道，那時他已經跟美紅分房兩年了，因為美紅說她太累了，想要一個人好好休息。

美紅雖然個性堅持，不喜歡別人過問她的事，但一開始時還會打電話回來交代行蹤，或為他們的無性婚姻說些抱歉的話，後來，一切都變得那麼理所當然，我行我素了。

前年暑假，美紅說她要到澳洲洽商一個禮拜，走的那天，只帶著簡單的夏季行李。美紅忘了，現在去澳洲，是要帶大衣的！一新掙扎了很久，終於決定還是放棄打電話到航空公司查詢旅客名單，因為，那又有什麼意義？

美紅澳洲洽商回來後，一進門，一新就對她出奇的體貼，用手摟住她：「澳洲好玩嗎？怎麼沒有帶點禮物……」

「哎呀，」不等一新講完，美紅甩開一新的手，「很熱耶！」

「我們已經兩年沒有做了！」一新說。

「做什麼做？變態！」美紅說，然後拖著行理走回房間，一新故意瞥了一眼，發現還是沒有大衣。一新在沙發上坐了很久，心頭一股熾熱、難受、憤恨的亂流攪動著，一幅老婆與別人在床上赤裸的翻滾、呻吟、迎合的景象在他腦中不斷放映，像第四台的Ａ片，美紅喘息著、扭動著、要求快點……

「妳去澳洲什麼地方？」最後一新強裝平靜的問，血液卻正朝腦部集中，沸騰。

「你沒去過澳洲，說了你也不懂！」美紅從房間裡答道。

那次，他們發生強烈的毆鬥，事後美紅到醫院驗傷，又要到警察局報案，但途中被同事勸了下來。

美紅要求一新寫悔過書，一新堅持讓事件進入司法程序（這樣也好，當時一新想，如果我誤會美紅了，就是我罪有應得，否則就讓法院查明一切）。事情後來沒有結果，唯一的結果就是美紅搬了出去，而女兒小茜也在這次事件中，受到驚嚇。女兒那時才三歲，她不知道發生什麼事，只是驚慌的哭著，一新不想讓女兒經歷自己的童年，所以，一年後，當美紅突然辭職時，一新就帶著女兒去接她回來。

朋友還是好心、謹慎、迂迴的告訴他：

「人言可畏啦，美紅受不了別人的蜚言流語，所以就辭職了，若聽到什麼老闆另結新歡、舊愛失寵這樣的謠言，千萬不要信了！」

美紅回來後，整天將自己鎖在房間裡，剛開始時，還會聽到她啜泣的聲音，後來連聲音也沒了。每天，一新經過她的房門，總要猜臆：她死了嗎？然後側耳到房門上，聽裡面的聲音。

一新無法想像，美紅是怎麼活下去的，冰箱裡的食物常常彷彿動也沒動過。那天，一新終於鼓起精神，敲敲美紅的房門。

「出來啦，不要整天待在房間裡。」美紅沒有出聲。

一新深吸了一口氣，然後又沈重的吐了出來。

「出來啦，為了女兒，總不能一輩子鎖在裡面吧！」

一會兒，美紅終於將門打開。一新又深吸了一口氣，他被眼前這個女人懾住了，一個蒼白、沒有血色、沒有表情、沒有氣息、只剩一層皮包住一隻骨頭的女人，彷彿一具屍體站在他的前面。

一新本來想伸手摸她，但他發現，手抬不起來，他們已經三年多沒做了，他已經覺得她是一個陌生人了，而現在，他也必須承認，他對她的怨恨，更令他無法再去摸她。

「我帶妳去看醫生。」一新說。

美紅垂著頭沒有說話，一會兒頭左右擺了兩下。

「不然妳先喝點牛奶？」一新說。美紅這次卻連動也沒動。

「好啦，」一新第三次深呼吸，「我們都需要一段時間療傷，不管怎樣，日子都是要過的，而且我不希望女兒受到傷害！」

隔天，美紅開始每天起床做早餐，當天，他們一家三口第一次又在一起吃早餐，但氣氛很詭譎，小茜夾在無法也不願交談的父母中間，把淚水和著牛奶，一起倒到肚子裡，一新看了頗不忍心。

「小茜乖，禮拜天爸爸帶妳去動物園，好不好？」

「媽媽要去嗎？」小茜問。一新沒有表情，看看美紅，美紅也沒有表情。小茜低下頭，然後拖著她最喜愛的小兔兔布偶，獨自回到房間裡。陽光從窗戶照下來，一新看見小茜黑黑的、緩緩移動的影子，又長又細的，那會是她長大後的樣子嗎？

看著小茜走回房裡，一個一百一十公分的小人兒，一新想起美紅不在的那段時間，有一次他將小兔兔布偶送到乾洗店清理，小茜睡覺前發現小兔兔不見了，那種激烈的幾乎歇斯底里的吵鬧，令他非常驚訝。小兔兔不在的那幾天，小茜失落的像走了魂，而且拒絕新的布偶，直到一新催促老闆快點清理完，拿回小兔兔，小茜才恢復正常。但一新發現，小茜竟然開始鎮日抱住小兔兔，甚至把它藏起來，好像深怕再度失去一個心愛或原本屬於她的東西。

一新知道，小茜不會接受用一個新的布偶來交換舊布偶，所以她也不會同意用璧菁或其他的女人來交換美紅。

但和璧菁的關係，也並沒有一新夢境那麼浪漫、激情、理所當然。一新開始加量用酒精幫助自己入眠，也開始著魔似的每天強迫射精。射精前，他會想像，璧菁終於證實了老公在大陸的外遇，所以倒在他的懷裡哭泣，他安撫她，順著她的頭髮往下撫，然後摸她的耳垂，親她的髮，脖子、然後是唇，身體，每一吋身體。然後他們就開始熱烈的進入彼此的身體，抽動，高潮，讓身體與心靈都合而為一。

現在，一新也開始去分類外遇的情形與種類，有些是不可原諒的，如：性喜漁色、換取名利等；有些是可以被諒解的，如：夫妻失和又無法離婚、找到真正的真愛等。

後來，一新又覺得，那他是否也要諒解父親和他的情人？母親和她的情人？美紅和她的情人？璧菁老公和他的情人？一新發現，他無法為了讓自己的情況被諒解，同時要諒解這麼多人，至少無法現在一下子就做到。

或許，一新又在心裡思索著，那就找個固定的性伴侶或固定的一夜情對象好了。但，一新又想，與固定的性伴侶或固定的一夜情對象之間，要有愛情與約定嗎？如果沒有愛情與約定，不就是當初定義的不可原諒的「性喜漁色型」人種？如果有愛情與約定，愛情真能拿捏、運用到收放自如的界地嗎？還是很多人，都只是把狀況界定在兩者之間的模糊地帶，做模糊處理？

不管怎樣，一新放縱他對璧菁的幻想，卻又小心得不敢碰觸，他害怕那會是一枚地雷，會炸開他糾纏窒息的死結。但地雷終究引爆了。

那天晚上，他們一起拜訪客戶後進過晚餐，坐在公園的椅子上。

「一新……」璧菁突然伸手按著一新的手肘。

「什麼事？」一股異常的熱流，從一新心臟的地方開始攪亂起來。

「我想找個人聽聽我心中的話。」璧菁說，聲音有些哀淒。

「當然。」一新說，亂流開始像漩渦一樣，旋轉起來。

「我老公在大陸有小老婆，而且已經懷孕了！」說著，璧菁趴在一新肩上盡情的哭出來。

一新開始發抖，以前對璧菁的種種幻想畫面，一一放映出來。他要摟著她到懷裡嗎？要撫著她的髮嗎？要吻一個淚人兒的唇嗎？一新越猶豫，抖得更厲害。但，除非地雷自己爆，否則他終究不敢主動去碰觸那顆地雷！

「我很氣，跟經理談到這件事，經理就約我吃飯。」璧菁抽著氣說。

一新心頭的漩渦開始逆轉，加速逆轉，變成一股不祥的激流。

「我不自主的哭了起來，經理將我擁入他的懷中，你知道的，人在這個時候，多需要一個安全的地方！然後……」

然後，然後，他會撫妳的髮、親妳的脖子，對不？一新已經沒有知覺，整片腦中嗡嗡作響，覺得頭重腳輕的，好似要跌到山谷去了。

「一新，我知道大家都覺得經理已經結婚了，而且還太花，但，我覺得跟他在一起很快樂，我跟我老公在一起從來沒有這種感覺！」

「你們做了嗎？」一新問，心中的逆流快要將他沖垮了。

璧菁點點頭，「為什麼男生可以，女生就不行？」

一新突然挨了一槍，子彈停在胸膛裡炸開，一片染血的空白。

「妳在報復？」一新已經沈沒了，全身充滿溺水的痛苦。

「不完全是，但這樣，我比較沒有罪惡感，現在，我反而覺得，我不必為一個不貞的丈夫守活寡，我有快樂的權力。」

「所以，你們已經很多次了？」

璧菁點點頭。一新滅頂了，連抽動也不會了。

接下來，一新記不清與璧菁交換了什麼意見，大概，就是很理性的分析吧（所謂理性，就是很邏輯的，機械的），好像是趁年輕應該好好規畫自己的未來，不要蹉跎了一類的話，並且要爭取應有的權益、不可變成一個軟弱的受害者等等。

跟璧菁分開後，一新不知道自己怎麼走進酒吧。在酒吧裡，他極力讓自己置身在一個魔幻寫實的環境裡：當初他對璧菁主動一點，兩人情投意合，一起度過很多羈狂浪蕩的夜晚；當初對璧菁主動一點，他們開始同居，雙方過著幸福美滿的日子，而小茜失去父親了；當初對璧菁主動一點，他開始過著以前父親的生活（所以後來父親是鬱鬱而終的？）；當初對璧菁主動一點……

從魔幻寫實的環境抽離出來後，一新更陷入痛苦的黑洞，黑洞像一個絞肉機，斬斷撕裂他的身軀。長久以來，自己陷在一個幻想裡，幻想璧菁的有情有意；幻想她的一顰一笑象徵的暗示；幻想別的男人對她殷勤而吃味；幻想她背叛自己另結新歡而心痛；幻想……

而這一切，原來都是自己意淫的意象？

一新後來更不清楚，自己怎麼走出酒吧，他踉踉蹌蹌走進母親住處，母親這時候能給他一些建議或指點迷津嗎？

但母親還是在唸經，一新站了會兒失去耐心，沒等母親唸完，藉著酒性便大聲的嚷道：「不要用再迴向給我啦，我總是最衰的那個！」

母親放慢了木魚聲，一會兒終於開口說話了。

「迴向給你，美紅，小茜，還有你父親。」

「什麼？……」一新愣了，母親在迴向給父親？一個跟她組成家庭、生育兒子，最後又遺棄她的男人？

「為什麼？」一新幾乎是尖叫的追問。

母親沒有回答，木魚聲卻越來越快，叩叩叩、越來越快，叩叩叩叩、越來越快，叩叩叩叩叩、……一新聽出來，母親心已經亂了，像那木魚聲，叩叩叩叩叩、叩叩叩叩叩叩叩……雜亂的叩叩聲像緊箍咒一樣，壓縮一新的頭顱，一聲又一聲，擠壓著，再這樣下去，佛珠會被母親戳斷、木魚會被母親打破、棒槌會被母親敲裂，母親會崩潰，她好不容易將自己建立了起來！……

「啊！……」一新摀著耳朵，踉蹌的逃竄了出來，奔回家中，美紅坐在沙發上，見到一新回來了，起身走到廚房去熱湯。

一新看著美紅的背影，原本受傷又再受傷的心，開始強烈的遽痛、崩血、抽漲，這個他曾經愛過、失望過、怨恨過的背影，他們不只已經四年沒做，還已經一年沒有說話了！為什麼我們不能乾脆算了，而要這樣互相折磨、互相妨礙？要這樣一輩子嗎？一輩子很長的！

一新酒醉的頭痛開始像電鑽一樣的發作。

她為什麼不說話？難道，她還要我先低聲下氣的求她嗎？美紅將湯放到爐子上，開了火，轉身，見一新站在那邊瞧她，不知所措的愣著。

一股酒氣攻到一新胸口，一新強忍住，整個人差點跌了下來。這一年多來，她一直在為我熱湯，縱使我沒回來吃飯，有意無意的用冷淡來對待她，她還是一直留了下來……難道，她想表示什麼？

一新雙腳變軟，隨時都會垮下來。

美紅也看了看一新，一新像被電觸到，心驚了起來，她現在已經有眼神了！像以前一樣，眼神傳達著訊息，不像一年前剛回來時那樣呆滯，那麼，她想說什麼？

在他們四目交集時，往日恩愛的甜蜜，倏乎閃過一新的心窩，衝擊著他滿腹的怨恨，所以激起了澎湃的海嘯，翻覆著、狂號著。

一新突然想起母親，母親為什麼要替父親迴向？她沒怨了嗎？怨沒了，還有情嗎？還是有情化解了怨？情怨不是相生的嗎？

……頭裂開了！

一新終於抵不過海嘯的衝擊，嘩啦的吐出來，然後不支暈了過去。

當一新再醒過來時，美紅已經不見了，他額頭上敷著冰袋，是美紅幫他敷的嗎？他爬了起來，走近美紅房間門口，房門開著，美紅坐在梳妝台前，從鏡子裡，他看見美紅正在淌著淚水。那樣子，多像以前他們還恩愛的時候，她受了委屈，獨自流淚的樣子？

一新看著美紅，發現她顫抖著，她呀，只剩下一個薄薄的身子骨，她怎麼可以瘦成這個樣子？但他們已經彼此太陌生了，陌生到好像現在過去碰觸她也是一件很失禮的事，而且他真的不確定，她現在是為了他，還是為了另一個男人在難過？他這輩子真的失去太多，多到他一點自信都沒有了。所以，一新也開始顫抖起來。

一新又回想更早更早，當初追美紅時，朋友教他說的話：「小姐，妳很面熟喔，我們見過嗎？」

「這輩子嗎？」當時美紅調侃的回道。後來美紅一有機會就拿這件事嘲笑他，說什麼「小姐很面熟喔，我們見過嗎？」實在是太老套了，但這卻變成他們夫妻之間的一個閨房密語，尤其當一新想要的時候。

璧菁的影子突然又在一新腦海出現，他的心又絞痛了起來。

奇怪，一新想，為什麼我對璧菁只覺得痛，卻不覺得璧菁是不可原諒的，也沒有怨？但對美紅卻除了痛，還有一直耿耿於懷的怨？

難道，我要她回來不全是為了女兒需要一個母親；不敢碰觸璧菁，也不全是童年的陰影？而是……，我，還，愛，她？……

……我，還，愛，她？……

……我，還，愛，她？……

一道閃電突然閃過一新的頭顱，一新腦中刹時明亮了起來，他知道了，母親為何要迴向給父親——她沒怨了，但還有情！

那下輩子，母親還願意和父親相遇嗎？還願意從頭試試緣份還在嗎？如果還有情，那我寧願他們再試試看，一新想，總得試試，如果不成也就算了，但總要試試才不會有遺憾吶，如果還有情的話！

這樣也好，一新又想，我和美紅，兩人都受了外界的干擾誘惑，經歷了風波曲折，當兩人又都變得陌生了，就好像隔了一世，一世後兩人又再相會，正可以考驗，緣份還會在嗎？……

一新走進美紅房裡，站在美紅兩步遠的地方，良久。

一新終於鼓起勇氣試探的說：「……小姐，……妳很面熟喔。」

美紅聽到一新說話，顫抖的更厲害，無法言語。

一新靠近美紅，不知怎樣摸她，手足無措的愣著，緣還在嗎？可能嗎？

「……我們，我們見過嗎？」一新又問。

…… ……

…… ……

「……這輩子嗎？……」美紅終於抬起頭來說。

喔，喔，隔了一世，怨滅了，緣還在啊！

「……我帶妳去看醫生？」一新說。

美紅點頭。

一新發現，原來美紅房間的窗簾早已經拉開了，陽光正在射進來。

（原載「世新大學台灣立報」）

一　虛實世界

午後慵懶的陽光透過白紗窗簾照射下來，我像雕像一樣趴著。我可以維持這樣不動的姿勢長達三個小時，直到自己真的融化在陽光裡，直到真的變成一尊雕像。

但我藍色的眼睛是清醒的，很多人以為我只有在夜晚時才看得清楚，其實，白天我也有辦法看透房間裡的這個世界。譬如，那位八十歲的老祖母，雖然別人都說她已經老年癡獃了，她總是不自主的把大便拉在褲子裡，然後用手抹大便放到嘴巴內，甚至別人都以為她以一整天的時間維持同一個坐姿，但事實上，我看到她的靈魂在她身邊徘徊。

和老祖母靈魂一起交談的是絲絲和我。絲絲是人們口中的自閉兒，她從不與別人交談，包括那位不負責任的母親克莉絲、時常虐待我們的外籍女傭瑪麗，但絲絲卻可以與老祖母的靈魂以及我——一隻母波斯貓交談，說得更清楚一點，她就是不願意與人類交談。所以我們三個母性動物在這個自成一格的世界裡是可以相互交談的，但我們的交談卻是極其安靜，雖然我們偶而也會相互打岔、爭執、嬉皮笑罵，但卻總是沒有聲音。

在我們這個房間裡其實還有另外兩個母性動物，就是前面提到的那位不負責任的母親克莉絲、時常虐待我們的外籍女傭瑪麗。女傭瑪麗其實也不講話，所以我們房間裡的世界常常是二十四小時的寧靜，或者說是死寂，只有月光走過台階的腳步聲以及時間相互賽跑的聲音是唯一聽得比較清楚的。瑪麗之所以不說話，是因為她沒有交談的對象，克莉絲嚴格禁止她講電話，甚至在電話上裝上竊聽器，而克莉絲自己壓根兒也很少回來，所以瑪麗就整天沈默著，她偶而發出奇怪的聲音自言自語，雖然那是奇怪的語言，但我知道她在發牢騷，而且發的是女主人的牢騷，她覺得克莉絲太苛刻，像犯人一樣把她跟一個癡獃的祖母、一個自閉的小女孩、一隻雕像一樣的母波斯貓鎖在同一個房間裡，而且女主人還用肢體凌虐她，所以她就用同樣的方法凌虐我們。

其實我發現瑪麗在經過長期被壓迫與囚禁後，靈魂與身體的結合也已經開始呈現不穩定的狀態，但那還很輕微，只是當瑪麗因為受到克莉絲虐待或想起不愉快的事情而極度憤怒、悶鬱時，靈魂就會有脫離肉體想要飛出去獲得自由的衝動，這時我看到她的肉體失去平日的化學平衡，思想的電流也開始紊亂（我為什麼知道？因為此時她身體散發出來光芒的顏色與平日不同）。但她的靈魂企圖脫離肉體去獲得自由的企圖總是失敗，但是，隨著掙脫次數的增加，我發現，她的靈魂脫離身體的程度越來越大。

平心而論，我很害怕瑪麗的靈魂真的脫離她的肉體，我不覺得她的靈魂是友善的，而且她充滿怨恨，更重要的是，我害怕她的身體失去靈魂後，不會像老祖母的身體那麼安靜，那可能是一個有破壞行為的身體。

我、老祖母、絲絲、瑪麗並不是同時來到這房間的。一開始絲絲和她媽媽，也就是克莉絲，過著人類所謂的單親生活，克莉絲事業心很重，她現在的男朋友瑞克就是她以前的重要客戶，後來變成她的男朋友，後來又變成她的老闆兼合夥人，我沒見過他，不過我大概知道他長樣子，因為有幾次克莉絲想起他，所以我從她的意象中看出那個男人的樣子——高高的，瘦瘦的，上唇留著鬍子，我不知道鬍子對男人有什麼作用，但鬍子卻是貓的測量工具。

後來絲絲突然得了自閉症，克莉絲在請了很多醫生看診都不見起色後，在還是放不下事業的前提下，就決定請瑪麗來看護，接著又為了安全起見，嚴格限制她們的行動，結果，絲絲和瑪麗就形同被克莉絲囚禁在這個房間裡了。

不久，克莉絲的母親也開始老年癡獃，克莉絲兄弟姊妹幾個人推來推去後，決定先將老祖母安置在克莉絲這邊，然後大家輪流照料，誰知後來其他兄弟姊妹都後悔了，推三阻四的不來接老祖母回去，甚至避不見面，克莉絲也懶得再操煩，她一向把心力放在事業上，而且已經請了瑪麗幫傭，所以她甘脆也很少回來眼不見為淨。

而我則是克莉絲從寵物店買回來的，因為有一天克莉絲回到房裡，大叫了一聲「天哪」，她以為她走到一座墳場！一個呆坐在椅子上動也不動的老祖母，失禁的尿液已經失去溫度冰冷的灘在地上；一個自閉的小女孩，捲曲著躲在桌底下，兩眼無神、目不轉睛的不知盯在何處；一個她花錢請回來的女傭躺在地上好像死人一樣的睡覺，呼吸的起伏也停止了，甚至連空氣的流動都因為空間的禁錮而凍結、凝固。

克莉絲鐵青著臉，顫抖著，一個箭步上去啪啪就給瑪麗兩個巴掌，並且把她扔到牆角，怒罵她，擰她手臂的肉，瑪麗哭叫掙脫著，但克莉絲不肯罷休的凌虐她，直到她累了，然後才慌亂的用手撥順自己的頭髮，喘息著，她環顧一下四週，立即決定房裡應該需要一個會動、有生命的東西，免得她再回來時被地獄一樣的景象給嚇著了。所以，克莉絲買了我。其實，克莉絲買我並不是一個很正確的決定，雖然我確實是會動、有生命的東西，但老實講，我並不是很喜歡動。所以，房間死寂的情況並沒有比較改善，不過自從被克莉絲嚴厲的體罰過後，瑪麗昏睡中醒來的警覺性確實提高了。

克莉絲買了我，讓我脫離寵物店那個大雜院，我很心存感激，我們做寵物的，最大的希望不是能被一個有錢人相中，進入豪宅，一朝飛上枝頭做鳳凰？但克莉絲買我的時候，同時做了一個我非常痛恨的決定－她請醫生切除了我的子宮！雖然我並非很強烈渴望一定非要當個母親不可，但她沒有經過我的同意就擅自剝奪我的生育權利，甚至她以為，那是她豢養我所以可以得到的自作主張的權力，因此我有時是痛恨她的，雖然大多時候我會忘了這個問題（因為大多時候，我並不處在發春想當母親的狀態）。

至於為什麼最晚來的我會對事情的始末這麼清楚？原因很簡單，是絲絲和老祖母的靈魂告訴我的，以及我從她們腦海中的意象讀到的。雖然我們無所不談，但人類總有一些秘密，包括我們貓都有秘密。譬如我在寵物店時曾暗戀過另外一隻寵物，但那隻寵物卻是一隻毛色非常亮麗、姿勢非常英挺的中型犬「庫囉」，所以我不敢說出來，因為我們不同種，我們的戀情不會受到祝福，甚至會受到傷害和排擠。絲絲的秘密就是她不願意說她為什麼會得自閉症，我只知道，絲絲的自閉是她刻意要把自己封閉起來的，而不是生病，至於為什麼一個十歲的小女孩要刻意把自己封閉起來，好似連絲絲自己也說不上來，我覺得，她是刻意要去忘記這件事的，所以結果就真的遺忘了，而同時，她也連帶的忘了要恢復原本的自己。

絲絲除了刻意要遺忘自己自閉的原因外，其他倒是很坦白的交代清楚，雖然她還小，但是她的往事卻特別有趣，她甚至可以追溯回憶到在子宮裡的事，她大部份的意象是停留在子宮裡的，我知道，那是她最幸福的時刻，所以才會一直回到這個意象。我也看到絲絲的爸爸，也就是克莉絲的前任丈夫，但因為絲絲對她的意象真的不是很清楚，所以我確實不容易看清他的模樣（模樣對我們動物的生命形式真的很重要嗎？不然為什麼我總是希望看清楚每個人的樣子？並且在心裡評估這個樣子的好壞？）

絲絲想起爸爸時是快樂的，這時她散發出特別閃耀美麗的光芒，我看到他們一起玩耍，然後絲絲趴在爸爸隆起的肚肚上睡著了，那感覺可不比在子宮裡差。但後來爸爸在絲絲的注視下拭著眼淚離去，絲絲太小不瞭解大人的世界，不過我從絲絲凌亂的意象裡看到，事件與那個嘴唇上留著鬍子的男人瑞克有關係。

爸爸卻從此再也沒有回來了，我後來在克莉絲的意象裡大概瞭解，絲絲的爸爸在克莉絲的眼中只是個頹廢的垃圾，他收了克莉絲的錢同意離婚，並且放棄絲絲的監護權甚至探視權，因為這真是個遭透了的回憶，所以克莉絲就很少再想起他，並且把他在她腦中所佔的記憶體都全部清除。那絲絲想念爸爸嗎？好像沒有，因為她真的太小了，所以沒有體會分開的痛苦，只是還保留跟他在一起時的快樂但模糊的記憶。這樣其實也很好，不是嗎？像我想起「庫囉」時，一股酸滋味就逆著血液激盪全身，那感覺很難受。

大部份的時間，絲絲是捲曲躲在桌子底下，腦海裡充滿了想像海浪蕩漾的暖流和潮聲，她以這種方式欺騙自己又回到子宮了，然後才能平靜下來。絲絲這種行為讓我想起自己失去的子宮，我才知道原來子宮是這麼美好的東西，所以也開始又痛恨起克莉絲。

至於老祖母的秘密就比較單純，老祖母靈魂的意象時常回到老祖父過世的那一刻。我看到的意象是，老祖父是年老自然衰竭死亡的，老祖父過世前三天就已經無法進食了，所以家人都知道他快死了，到了過世前，他的呼吸變的緩慢浮淺而且困難，好似換不過氣來那樣。原本老祖母一直守在老祖父身邊不肯離去，但後來有年長的親戚說，老祖母一定要走開，否則老祖父會捨不得往生，這樣就會死得很拖泥帶水，讓老祖父反而難受，而且如果老祖母又不小心把眼淚滴在老祖父身上，會讓老祖父死得更牽掛。

所以老祖母硬被晚輩請到隔壁的房間去，直到老祖母突然聽到隨侍在側的晚輩遵照禮俗發出的哭聲時，才掙脫眾人衝到老祖父床前，當她看到老祖父斷氣了，喃喃的說了一聲「了了……」。

「了了」可能有兩個含意，一是老祖父終於過世了，他拖了這麼久，躺了這麼久，糖尿病使他的褥瘡潰爛甚至見到白色的骨頭，流出黃色的液體，一切的痛苦終於了了；一是老祖母最後僅存的、一直害怕失去但卻很脆弱的寄託終於也了了。雖然老祖母這時覺得很不舒服、很失落、很想抓住什麼，很想有人擁抱她，或可以自己躺下來好好喘息用自己的方式傷心哭泣，但她卻必須遵照禮俗跟著別人一樣表演，表演哭泣，這樣的表演讓她覺得自己更喘不過氣來，所以她真的難受的哭出來。

老祖母繼而想起自己的命運，雖然沒有一條看得到的繩子綁住她，但她一生卻被一條無形的繩子牽引，像牛一樣的牽引著。她遵從父母的意思放棄喜歡的學校唸書生活到工廠做女工，後來她積存了微薄的零用錢想買一檯夢寐以求的風琴，卻被父親強迫全部拿去給弟弟，因為弟弟想買一台摩托車，他希望用摩托車去吸引一位女孩子。後來，老祖母又被安排嫁給一位只見過幾次面的年輕人，雖然年輕人看起來似乎還不錯，挺老實的，但她對他沒有感情，她對年輕人的感情是後來才產生的，因為她已經先什麼都付出了。年輕人，也就是年輕時的老祖父對她不好不壞，反正雄性動物都是這樣，不過老祖母會又更愛他甚至願意為他心甘情願付出一輩子，是因為有一次老祖母得了瘧疾，那時老祖父不怕傳染日夜照顧她。老祖母永遠記得，一天老祖父抱著她抓緊她的手，並在她額上吻了一下，熱淚滴在她的臉上，老祖父以為她昏迷了，害怕會失去她，但其實老祖母只是半昏半醒，老祖母那時就在心裡發誓，她會永遠愛這個男人，一輩子。老祖母真的做到了，老祖父後來中風又糖尿病在床上躺了十五年，甚至久病厭世用枴杖打她，她都沒有離開。

雖然老祖母是這樣一個好的母性動物，喔，應該說是一個好的女人，但她的那些兒女媳婦卻對她很不好，其實老祖母的靈魂就在她的身體附近徘徊而已，所以她看得很清楚，克莉絲偶而回來時還對她的身體嘮嘮叨叨，好像責備她是故意要癡呆來為難她似的，而其他兒女更不用說了，他們早躲得遠遠的，不過老祖母相信，當她真的過世時他們都會回來，因為她還有遺產，而且他們還需仿照老祖父過世時的方式再表演、哭泣一次。老祖母對瑪麗也很無奈，因當她的身體無法克制大小便或流口水時，瑪麗總是視若無睹，直到她想起如果克莉絲回來撞見了會處罰她，她才心不甘情不願的草草打理一下，這讓老祖母的靈魂感到很不舒服，因為她的靈魂跟身體還是有很強的連動。

相對於老祖母秘密的單純，絲絲不易人知的秘密就更引發我的好奇，我很想知道她為什麼突然自閉了，沒理由啊，一個十歲的女孩子。至於瑪麗的秘密我雖然沒有興趣，但瑪麗總是在房間躺來躺去、晃來晃去，所以我也看出她的秘密。其實她想家，還有一個沒有跟她譜出戀情的男生，嚴格說起來，是瑪麗在暗戀他，至於男生是否喜歡瑪麗我就不知道了，因為瑪麗自己也不知道，所以我就無法從瑪麗的意象中看出來。好幾次，我在瑪麗的夢中看到她故鄉的景致，她居住在擁擠、簡陋、炎熱、有很多小孩跑來跑去的窄巷子裡，有時她會和那個男生在一個空曠、舒適、涼爽、鋪滿鮮花、軟綿綿的原野上親熱、愛撫，然後做愛，瑪麗極力陶醉在那情、愛、慾、性撞擊激盪的自慰裡。不過我知道，那是她的性幻想，不是真的，因為那男生甚至連瑪麗的手都沒牽過，所以瑪麗總是在自慰的激情後變得有些落寞，然後她又必須用加量的自慰來加以排解……

雖然我也不喜歡瑪麗，因為她並沒有遵照克莉絲吩咐的那樣照顧我，她必須按時抱我，為我梳刷全身的白毛，但她都沒有。雖然如此，但當瑪麗一個人暗自垂淚的時候，我不免也會同情她，其實，就像她幻想和那個男生做愛一樣，她是有夢的，她希望有個安定舒適的家，一個喜歡她、她也喜歡他的男人，所以她千里迢迢的飄過海洋，飄過天空，來到這裡讓別人把她囚禁起來。但我不清楚，為什麼人類會像囚禁我們寵物一樣把其他人類囚禁起來？事實上，那也等於把夢的希望囚禁起來。

老祖母、絲絲、瑪麗，跟我在寵物店裡看到的那些來來往往的人不一樣，她們的身體不能離開這個房間，她們的靈魂不能離開身體太遠，甚至，她們一出生就是不自由的，或許我看到窗外的風都還比她們自由，或許雲都還比她們自由，或許連在空氣中漂浮的塵埃都比她們自由。（至於我嘛，我是一隻寵物貓，失去自由或許就是我被豢養的代價和宿命，只要主人沒有在我脖子上套上一個令人呼吸困難的頸鍊，應該就是很大的福報了。但我也常在思考，當初我並沒有答應被豢養啊？而現在，當我已經失去謀生能力了，再問我寧願被豢養還是野生，我就真的很難回答這個問題了！）

雖然我們交換、探詢彼此的秘密，但其實最可怕的是，我們好似一直被偷窺，我們的一舉一動、所有的秘密，都好似被一隻眼睛盯著。這個秘密是我先發現的，憑著我天生敏銳的感覺與第六感，我相信在某個角落有一隻眼睛正在偷窺我們，但我始終沒有找到那隻眼睛，我仔細的找，甚至找到一隻躲在角落的蜘蛛，但直到這隻蜘蛛結了一個八卦般的蜘蛛網，我都沒有找到，而瑪麗也沒清除這個蜘蛛網，以致這隻蜘蛛越來越像女王一樣的守著她版圖越來越大的陷阱城堡（這隻蜘蛛和她的網看起來倒像一隻不太正經、眼珠轉來轉去的眼睛）。

第二個發現這個秘密的是老祖母的靈魂，因為她不是用肉體感受事物，所以她也有敏銳的感應，但她也沒有發現那隻眼睛躲在哪。第三個發現這個秘密的是絲絲，雖然絲絲是用身體感受，但她大部份的時候放棄使用身體，這時她的感應反而更敏銳，但她也沒發現。至於瑪麗，她壓根兒沒發現這個秘密，因為她是很典型的依賴身體、以身體需求與慾念去行事的人，所以她的感應很遲鈍。

我懷疑這隻眼睛與克莉絲有關，因為她是這麼自負、獨裁、想要掌握一切（我怎麼這樣說一個把我從寵物店買回的母性人類？），但後來我並沒有從克莉絲的意象中看到有關的事物，所以我懷疑她的程度逐漸減少。老祖母則認為那應該是老天的眼睛，因為她一直相信，人在做天在看，偌大渾圓的天，就是一個讓萬物無所遁逃的眼睛。絲絲並沒有對偷窺我們的眼睛發表意見，甚至她在逃避討論這個問題。

因為絲絲的逃避，使我想起，她同時也在逃避她自閉的事，身為一隻貓，我理所當然的將這兩件事情聯結在一起：那隻偷窺的眼睛與絲絲的自閉有關嗎？然後，我又以一隻貓的直覺相信，這絕對有關係。

至於克莉絲嘛，我覺得她實在乏善可陳，就一個女性人類而言，她確實算是擁有高貴、亮麗的外表，她身上發出異於普通人的香氣，那香氣不但濃烈撲鼻，而且時常不同，雖然我很少跟她接觸，但我強烈感受出她個性的本質，她的本質是獅子、狼、狐狸的綜合體，她喜歡攫取，但那並不是因為她需要，而是她貪心，更想讓人見識她的狡猾。所以我對將我帶離寵物店的女主人心情是複雜的，感激、懷恨、懼怕，對她，我無法施展貓撒嬌的天性，當她在家時，我會更動也不動的趴著，這樣至少可以與她保持現狀。

今天晚上，當老祖母、絲絲、瑪麗都睡著了（我很訝異為什麼她們白天都愣愣的發了一整天的獃了，晚上還能睡？難道她們發獃是為了等待晚上睡覺時間的到來？），突然，克莉絲終於非常難得的回家了，而且不是一個人，是跟另一個男人，應該是她嘴唇上留著鬍子的男朋友瑞克。我聽到她們在外邊的客廳裡胡言亂語，有時曖昧、有時笑罵，雖然我是被豢養的寵物，但我沒有失去貓天生的尊嚴與本能，我豎起耳朵偷聽他們的狀況，這些資料在進入我的腦袋瓜後會自動譜成一幅鮮明活現的景象。

他們胡鬧了一會後，鬍子瑞克開始脫克莉絲身上的衣服，克莉絲半推半就嬌嗔著。這時瑪麗被房間外的吵雜聲吵醒，她睜大了眼，跟我一樣豎起耳朵聽著，並且開始分泌動情激素，我比較不明瞭的是，在黑暗的房中偷聽，瑪麗為什麼要睜大眼睛？

但就在緊要關頭，克莉絲突然推開鬍子瑞克，並且假裝生氣的口吻制止鬍子瑞克，我和瑪麗不禁有點失望，瑪麗不明白克莉絲為何會這樣，怕吵醒我們嗎？我以貓的貓格保證不是，是瑪麗要玩弄鬍子瑞克，那是她的天性，無法解釋。

鬍子瑞克愣了一會兒，佯裝沒事，又朝克莉絲撲去，這點倒是可以理解，雄性動物為了求愛都必須這樣百折不撓，甚至需要決鬥。克莉絲於是又和鬍子瑞克拍打笑罵了一陣子，這次鬍子瑞克甚至已經脫去克莉絲的底褲，但克莉絲突然又推開瑞克。

就這樣一而再，再而三，連我們偷聽的人和貓都覺得不耐煩了，何況鬍子瑞克？於是帶著酒意的瑞克便索性跳起來穿好褲子要走了，臨走時，克莉絲還跟她嬌嗔著，說些對不起的話，並暗示他要不要再來一次？但瑞克還是走了，我想他可能去找其她的女人了，我不相信他只有克莉絲一個女人，不然他也可以去女人寵物出租店臨時租一個，這是我在寵物店時聽說的。

瑞克很大力的把門關上，巨響後客廳更突然顯得冷冷清清，我和瑪麗在黑暗的房間裡都不由得放鬆身體躺了下來（我還是不明白，企圖能夠再聽到訊息的瑪麗為什麼還是把眼睛睜得大大的？）。一會兒克莉絲撥了手機，我猜她是打給瑞克的，但克莉絲撥了幾次後都沒有回應，所以她有些無聊的嘆了幾口氣，然後她起身把衣服穿好，遲疑了一會後，並沒有進入她的臥房，相反的，她揹起皮包，然後又出門去了。

戲演完囉，我和瑪麗不約而同的都有些失望，並終於收拾好心情準備好好睡覺了，雖然我們整天都是在睡覺。但過了一會兒後，大門又被打開，瑞克又進來了，他憤怒大聲的叫著克莉絲的名字，但都沒有得到回應，於是瑞克便打開克莉絲的房間，發現沒人，他更憤怒的搜索。

一股恐懼與憤怒突然將我籠罩，我慢慢躬起身體，低沈的吼著，我直覺得，好像狼隻走向羊群準備撲殺的血腥氣氛正在漫延，同時，就是那隻窺視我們的眼睛也正慢慢忌無恃憚的靠近，我更直覺得，所有的秘密都即將要揭曉了！

瑞克慢慢走近，我聽到我們房間門把被轉動的聲音，我也慢慢蹲起來，全身汗毛都豎了起來，我知道，貓科戰鬥的天性，待會兒就要迸發了！

房門是鎖著的，瑪麗這時也坐了起來，並且拉著被子圍住自己的身體，臉色鐵青著，但瑞克不愧是個賊人，三兩下就把門鎖解決了，然後房門發出一陣尖銳的開門聲，我看到瑞克黑黑的身影站在門口，並且有一股酒氣散發出來。由於房間裡太黑了，瑞克還在適應中，這時瑪麗嚇得動都不能動一下，瑞克摸著牆壁，終於找到燈的開關……

「啊！Help……」就在瑞克打開燈的剎那，瑪麗以她驚人的尖叫聲叫了出來，我終於看清瑞克了，沒錯，嘴唇上留著鬍子的男人，跟我意象中的樣子差不多，但我知道，他現在不是來安慰我們的，因為我看到燈後他的影子，正是一匹狼的樣子！

瑞克被瑪麗的尖叫聲嚇著了，他羞憤並且自衛性的撲向瑪麗，兩人扭打在一起，瑪麗拿起枕頭打他，但可憐的瑪麗在掙扎中被紅著眼睛的瑞克撕去了衣服，就像綿羊被獅子剝去毛皮一樣，然後瑞克掙去自己的褲子，他要活活一口吞下瑪麗，瑪麗在做垂死前的掙扎與尖叫，這是動物的本能！

「救命！救命！……」突然我聽到絲絲尖叫掙扎的聲音！回頭一看，我整個身體突然顫慄起來，因為，打鬥的聲音吵醒了老祖母跟絲絲，絲絲看到了瑞克，於是藏在她心中的秘密全部像打破的水缸一樣，水全部傾洩而下！我在絲絲的意象中看到了，鬍子瑞克正在侵犯絲絲，為所欲為的侵犯她！

「救瑪麗！貓咪！」祖母的靈魂叫我，「去！」祖母命令道。祖母的命令讓我突然像箭一樣撲向瑞克身上去，我不知道，是不是因為平日我是尊敬老祖母的，所以當她命令我時，我竟毫無考慮的去執行。

「喵！」我撲過去，在瑞克背上狠很留下我的兩排血爪痕，然後又像彈簧一樣的跳開。

「啊！」瑞克痛苦的在地上打滾，他翻了幾圈後，看到驚慌的絲絲捲曲躲在桌子底下，於是強忍住痛苦，露出貪婪猙獰的面目向絲絲撲去，撕開她的衣服……這時瑪麗拿起花瓶狠狠的往瑞克的頭上砸去……

午後慵懶的陽光透過白紗窗簾照射下來，我像雕像一樣趴著。我可以維持這樣不動的姿勢長達三個小時，直到自己真的融化在陽光裡，直到真的變成一尊雕像。

才幾天的功夫，我們這個房間的生態竟完全改變了。首先是絲絲，當晚克莉絲沒一會兒又回家了，回家後她發現瑞克企圖非禮瑪麗和絲絲，而瑪麗已經用花瓶將瑞克砸昏了過去，克莉絲害怕絲絲病情會因而加重，於是把絲絲又送到精神病院，但奇怪的是，絲絲既然對治療開始產生反應，所以就留在病院繼續治療。因為人類不是貓所以覺得奇怪，其實絲絲自閉的原因是瑞克為所欲為的侵犯她，她一直強迫自己忘了這件事，但那天，當她把時間又拉回當時被侵犯的時候，瑪麗用花瓶砸昏了瑞克，所以絲絲被侵犯受傷的記憶變成獲救的記憶，而且兇手已經就擒，再也不能威脅她了，所以她就被自己釋放出來了！

而老祖母沒兩天也自然衰竭死亡了，她說她最欣慰的就是看到絲絲的精神能夠重新回到人世間，所以就了無牽掛的走了，因為那是絲絲的過程，所以她必須回去。她還告訴我，當她死了，靈魂徹底脫離身體後才知道，原來人世間一切都是假的，因為人世間只是一個過程，但她當時太執迷了，所以喪失自由、喪失快樂。誰聽的懂老祖母說什麼？但老祖母確實變回年輕時最漂亮的樣子，然後飄然而去，再見，我最尊敬的老祖母。

瑪麗現在可自由了，她上次治服瑞克救了絲絲，克莉絲對她好得不得了，她可以自由的打電話、約會、晚歸……。所以，房裡只剩下我一個了，沒關係，貓是不怕寂寞的，只是現在換克莉絲常常進房來抱我，她對我說，她一切都泡湯了，她把全部積蓄拿去跟瑞克合夥，沒想到瑞克竟然是隻禽獸，現在瑞克接受制裁，公司收起來，她的積蓄也完了。我很想告訴她老祖母的話，但不曉得怎麼講這麼奇怪的話，何況我和克莉絲也無法溝通，雖然克莉絲跟我訴苦的時候，靈魂跟身體是不穩定的。

「貓咪！」不知過了多久，絲絲回來了，她一進房間就對我大叫，我跳到她的懷裡，她摸摸我的毛，像玩玩具一樣的將我翻過來折過去，弄得我很不舒服，真是一個淘氣的小女孩！但我發現，我們已經不能交談了，而且她也已經忘了我們曾經有過可以交談的日子，這樣也好，老祖母說的，那是絲絲的過程，所以她必須回去，回去那個不知是真還是假的世界。

（本文獲台中縣文學獎，原載二〇〇二年台灣日報副刊）

一 那漢子

今年的春天遲到了，一連來了好幾波冷氣團，嚇得桃花都躲在苞裡不敢露出臉來，但櫻花卻因而樂得多開了好些時候，在枝頭上迎風招展著。遠遠望去，整座山頭，好似浸染在一片錯紅的花海中，桃花半開的嫣紅，櫻花粉嫩的緋紅，像極了，這就是新嫁娘的羞紅吧。

「咱故鄉的桃花最嬌豔了。」走在山路上的漢晨想起父親說的話，雖然父親說話的年代離他越來越遠了，但漢晨卻清晰的感覺到，父親說話的聲音卻越來越清楚，而且好似經常在他耳邊響起。

「為什麼故鄉的桃花最嬌豔？」

一陣風吹來，整片山的酡紅都像裙襬一樣地搖曳了起來，漢晨於是好似在晃影中，看到了小時候的自己，還有父親。那時他還是小二的小男孩，九歲；父親是個年輕的刑警，一毛二。

「因為我們故鄉地靈人傑，所以桃花開得最美！」

漢晨清楚的記得，那是一個父親難得不用執勤的早晨，父親給關公神像和祖先牌位上完香後坐在矮凳上看報紙，小時候的漢晨從背後整個人趴在父親的背脊和肩膀上。他永遠記得，那是一個像地一樣寬，像天一樣高，像山一樣挺直和硬朗的背和肩膀，但是它卻有一股溫度，暖暖的，所以小漢晨好喜歡這樣緊緊抱著父親的身體。

「什麼是『地靈人傑』？」小漢晨問。

「就是……就是，土地肥沃有靈氣，人民偉大很傑出的意思。」父親想了一會兒後說。

小漢晨於是伸長了脖子將頭挪過來，把臉靠在父親的臉龐上。

「地靈是桃花，人傑是誰呀？拔拔（爸爸）？」

「關公啊！」爸爸於是側過身來在小漢晨的臉頰上輕輕親了一下。

「我知道！就是每天爸爸出門前都會給祂和祖先上香的紅臉爺爺，對不對？」

「標準答案！」爸爸故意大聲喊道，小漢晨也哈哈笑了起來，小漢晨於是繞到前面，坐在爸爸的大腿上。爸爸覺得小漢晨變重了，這樣他很吃力，但他忍住了，還是讓小漢晨像幼兒時一樣的坐在他的大腿和懷裡。

「祂怎麼偉大？」

「祂怎麼偉大？……」這次爸爸想得更久了，「總而言之，祂是條漢子！」

「漢子？我知道了，就是像爸爸一樣打擊壞人的英雄，對不對？我長大也要做漢子，把壞人統統抓起來，維護世界和平！」

小漢晨激動的大叫道，屁股並且不停地上下來回使勁用力蹬蹭，好像就要騎馬出征了一樣。

「啊，痛啊！」爸爸受不了小漢晨的重量和折騰，終於叫了出來。……

走在山路上的漢晨想到這裡，不由得笑了起來，他稍微停下來，仰頭觀看眼前一朵正在開放的桃花，接著他發現，這不只是一朵桃花，而是一整枝的桃花，一整樹的桃花，一整山的桃花，一整天空的桃花。

你知道桃花是有生命的嗎?你知道人是有生命的嗎?所以，你知道，桃花是需要灌溉的嗎?人也是需要灌溉的嗎?

所以，漢子吶，並不是把壞人統統抓來就世界和平了，壞人統統變好人了，才是真正的世界和平。

過了好些年後，漢晨才明白了這個道理。當時爸爸放下坐在懷中亂蹭的小漢晨，走到關公神像前面，拿起放在一旁的《明聖經》，喃喃念了起來，然後告訴他：

「孩子，為什麼警察的徽章不是老鷹，而是鴿子?因為讓世界變和平的，不是刑罰，而是教化，人都是有善根的！」

小漢晨不了解爸爸的話，卻見爸爸對著神桌旁的那副對聯大聲念了起來，爸爸時常對著那副對聯吟哦，那時，爸爸已經教小漢晨認得那副對聯的字，但漢晨是在很久以後，才真正體悟那句對聯的意義：

「孝悌忠信人之本，禮義廉恥人之根。」

但是，當時的小漢晨心裡想，聽不懂，沒關係啊，因為我知道，紅臉爺爺會保佑爸爸，媽咪每次都跪在紅臉爺爺面前，虔誠的告訴祂，爸爸是在做很危險的工作，但他是在保鄉衛民，她懇求祂保佑他。然後，小漢晨看見媽咪久久的趴跪在紅臉爺爺面前，好似在等待祂的應允。

小漢晨，好似看到媽咪的臉龐上，流下了一串珍珠。

於是小漢晨告訴爸爸：「爸爸，你以後要按時回來喔，否則媽咪會哭哭。」

爸爸臉色沉重了下來，於是轉過身來抱住小漢晨：「好，爸爸答應你，一定會平安回來，好不好？」

「打勾勾！」小漢晨說。

「好，打勾勾！」爸爸於是伸出碩大的手掌，勾住小漢晨嫩稚的小指。

「蓋完章了，算數了！」小漢晨高興的跳起來，「我要去告訴媽咪，爸爸以後都會平安回來了！」……

駐足觀看桃花的漢晨，想到這裡，不禁得伸出手，去撫摸枝頭上一朵綻放的桃花，但誰知，這時那花，卻凋了下來。桃花，以緩慢的速度，在空中轉著圈子，好像一道飛旋的彩虹，慢慢地降落到地面。

漢晨閉上眼，深深吸了一口氣，因為，那道掉落下來的紅影，是桃花？是母親無法停止的一行淚？是爸爸胸口的一灘血？還是，等待爸爸回來跟他一起吹熄的火焰？

歹徒的子彈，穿透父親的心臟，就在小漢晨小四那年的十一歲生日當天，爸爸，還是一毛二。那天，小漢晨堅持要等爸爸回來一起吹蠟燭，因為他們已經打過勾勾了。

爸爸一直沒有回來，後來媽咪接到一通電話，電話筒從她手中滑落下來，她像木頭一樣，不管小漢晨如何呼喚，都動也不動，直到王伯伯，爸爸的一位結拜同事開車過來。

「漢晨知道了嗎？」王伯伯問。

媽咪沒有回答。

王伯伯和媽咪在原地像雕像一樣的站了好久，時間彷彿就這樣停住了，但在這麼安靜，沒有任何聲響的時候，小漢晨卻好似聽到媽咪眼淚滴落到地上的聲音，一滴，兩滴，三滴……，淚水滴落地面的聲音，好似在一個封閉的空間裡，迴響著，迴響著，迴響著……

「漢晨啊，……」半晌，王伯伯蹲下來，牽住小漢晨的手，並且很小心，很謹慎的說，「明勝……，你爸爸因公殉職了，我帶你們去看他最後一面……」

因公殉職是什麼意思？小漢晨不懂，不過他似乎知道「見最後一面」是什麼意思，電視上有演過。

車上，沒人開口說話，媽咪的魂也還沒回來，小漢晨緊緊抱住媽咪，心裡想著，爸爸昨晚不是還在教他念：

「人之節，如竹又如月，廣大與高明，圓融更清潔。一生直不彎，挺挺欺霜雪，一勁參天秀，舞風弄明月」？

「漢晨」，小漢晨記得爸爸常對他說：「我這一線兩星，一線是忠義，兩星是五倫和八德，我一生崇拜關二爺，精忠大義，高節清廉，所以沒什麼可以留給你，只有教你懂得倫理，做個抬頭挺胸，有德性，有良知的漢子！」

「記住，仁莫大於忠孝，義莫大於廉節，二者五常之首，聖人參贊化育者，此而已。」

「人生在世，貴盡忠孝節義等事，方於人道無虧，可立於天地之間。」

可是，顯然的，爸爸爽約了，他並沒有如打勾勾約定的回來陪小漢晨吹蠟燭，所以小漢晨任性的，從此不再過任何生日；另外也很顯然的，紅面爺爺並沒有答應媽咪的請求，保佑爸爸。

所以，在見過爸爸最後一面後，爸爸便又被推入那個寒冷的冰凍庫藏起來，後來他又被放到一個木製的盒子，推入熱焰熾火的焚化爐中，最後只剩下一甕骨灰放置到靈骨塔，而他的照片，就如願的放在他最崇拜的人，紅臉爺爺的旁邊。

小漢晨清楚的記得，爸爸焚化的那天，他穿著白麻白孝，拿著爸爸的遺像，一根招魂的白幡，在風中飄著，好似在招喚爸爸的靈魂不要迷了路。

那焚燒爸爸身體冒出來的濃密煙薰，是爸爸的魂魄嗎？小漢晨當時心裡想。但他真的看到了，爸爸在煙霧裡，跟在家裡一樣地大聲比劃著、唱著京戲段子：

「曹孟德苦哀求淚流滿面，倒教我關雲長有口難言。

我往日殺人不眨眼，今日鐵打心腸軟如棉。

本當擒住曹孟德，奏功受賞在帳前；

倘若放了曹孟德，定斬我頭挂高竿。

背地只把軍師怨，左思右想某難上難。
大丈夫說話要兌現，我豈能忘卻當初諾言。
罷罷罷，關某豈是無義漢，孟德！孟德近前聽根源：
當初待某有恩典，關某亦非無義男。
今日放你回朝轉，千萬不可反中原。
我這裏陣式忙開展，認得此陣你就馬加鞭。」

「想俺身　大將，豈可綁在旗下，受小卒一刀！待俺自刎了罷！」

「大哥！小弟統領人馬埋伏華容，曾先立軍令狀，如今錯釋曹操，若不將小弟斬首，怎服三軍，你我桃園弟兄就此永別了！」（華容道）

爸爸宏亮的嗓音，每次都把屋子震得嘎響起來，現在，爸爸的嗓音，也像鐘聲一樣地響徹雲霄，但小漢晨卻聽到了爸爸向他喊道：

「關某豈是無義漢、關某豈是無義漢！漢晨，我不是故意的！漢晨……」

煙霧逐漸就要消散了，爸爸的影像逐漸模糊，爸爸就要消逝了！

然後爸爸又口白著：

「有道是，玉可碎不可改其白，竹可焚不能毀其節，身雖殞名垂竹帛可也！城在人在，城破人亡。汝速去，某即出城與東吳決一死戰！」（走麥城）

一時鼓鑼喧天，鏘、鏘、鏘、鏘，鏘、鏘、鏘、鏘，……爸爸就這樣隨著漫天的鑼鼓聲響和雪白雲煙，義無反顧的奮身前去，從此在人間消失了，消失了。

小漢晨相信，這才是他見爸爸的最後一面，雖然此時的爸爸，是如此虛無，飄渺。

從此，爸爸的印象，就停止在漢晨十一歲的那年；爸爸的笑容，就停止在遺照上的那個鏡頭。漢晨經常在想，如果父親還在，他會是什麼樣子？他也會是個蠶眉鳳眼的紅臉爺爺嗎？……

漢晨將飄落下來的桃花拾了起來，端詳著，他似乎清楚地看見，桃花裡有一條條血管一樣的脈絡，也有紅色的血液在流通，漢晨終於知道當初父親念的「萬物悉含天地化，依時生長與人靈」是什麼意思了。

每年漢晨都要來山上好幾次，因為，父親的骨灰就放在山上的塔裡。每次來時，山總是變了顏色，換了不同的樣貌，就像時光的流轉。那年，時光流轉到漢晨十七歲的時候。

十七歲那年，漢晨因為看不慣學校裡「至尊堂」那票不良少年的惡行惡狀，和他們發生了衝突，所以和村子裡的阿毛、三冠加入「正義會」，要把他們的惡勢力趕出去。

「誰要是不帶種的，現在就可以離開，不然以後，我們就是生死與共的兄弟！」漢晨帶頭說。

「沒錯，背叛的就是豎子！天打雷劈！」阿毛附和的說。

「對，我們還要找更多人加入正義會！」三冠也說。

血滴入大哥事先準備好的米酒裡，然後慢慢的擴散開來。夕陽裡，一朵晚霞正在風中飛散，並且逐漸暈了開來，好像一幅波墨大畫呵。

隔天，也是同樣的夕陽，同樣的有一朵晚霞在風中飛散。

「喂，你過來，回去告訴你們至尊堂老大，以後我們村子就是正義會在罩，不准再來這裡搗蛋，不然等著瞧！」

「哇靠，什麼正義會？××啦！」

「×！你講什麼！」阿毛架住那傢伙，三冠一巴掌就摑在他耳光上。

「我，張漢晨，不爽放馬過來！」漢晨趾高氣昂的說。

「奉君命鎮荊襄，統雄師戰襄陽，
全憑著青龍偃月英名好。
今日裏龐德命喪，擒於禁七軍皆亡，

滅吳魏猶如反掌，指日裏把中原掃蕩，
俺乎，顯得俺威風抖摟淩雲智廣，
哎呀！保大哥展土開疆。」（水淹七軍）

時光又流轉了多日，一個雨夜，雨不大不小，滴滴答答的下著，漢晨數著雨聲，數著數著，亂了，亂了，心裡一會兒浮現和至尊堂這些日子以來的毆鬥，一會兒浮現他們之間的仇恨已經越演越烈，從木棍、扁鑽，到昨天，他們已經亮出噴子（槍）了。

昨天，至尊堂亮出噴子時，我們既然就都這樣抱頭鼠竄，×！漢晨不知道為什麼我們既然這麼孬，以後是不是就向他們俯首稱臣了？就任由他們胡作非為了？

這時，和父親結拜的王伯伯來了，自從父親過世後，他便從不間斷的來探望他們，母親和王伯伯在客廳裡坐定後，所說的話，一字一句鑽進漢晨的耳朵裡。

「漢晨呢？」王伯伯問。

「漢晨，王伯伯來看你囉！」母親喊道，漢晨沒出聲，王伯伯是來通風報信的嗎？他要跟母親說，最近有兩個幫派經常互毆，而其中有一個，就是漢晨嗎？

「沒關係，應該睡著了吧！」王伯伯連忙打圓場。

「唉，漢晨自從明勝過世後，便變得偏激了，」母親對前來探望的王伯伯說，「他似乎瞞著我在幹些什麼，經常受傷回來，問他什麼也不肯講……」

漢晨躺在房裡的床上，清楚地聽見母親說話的聲音，聲音由平常逐漸變得緩慢，最後終於哽咽起來。

「我覺得，漢晨似乎在怨，怨他父親不該就這樣走了，有時，他甚至不願意給明勝上香……」

躺在床上的漢晨痛苦的、深深的闔上眼睛，憋住嘴巴，胸口卻痛了起來，他怨父親嗎？怨他沒有遵守兩人之間的約定，沒有回來跟他一起吹生日蛋糕上的蠟燭嗎？喔，拜託，那只是小孩子的玩意兒，沒有他，我和媽不是也過得很好嗎？況且，十一歲以後，我就不知道他變成什麼樣子了。

漢晨耳朵嗡嗡地發出蜜蜂的聲響，心臟也像亂馬奔騰一樣地悸動起來，他越告訴自己，父親對他們來說並不是那麼重要時，蜜蜂便叫得越大聲，亂馬便踢得更狂野。最後，蜜蜂既然就用牠的尾針螫漢晨的耳膜，亂馬既然用牠的腳蹄踐踏他的心臟，喔，不要，我好痛苦！

「小孩子，不懂事嘛，」王伯伯安慰母親道，「過些日子成人了，就明白了，哪有父母不愛子女的？明勝是因公殉職的，……」

「……」母親沒有說話。

然後，漢晨聞到一股香味，王伯伯在上香吧。

「關二爺呀，」王伯伯說，「求您保佑漢晨這孩子，他年輕氣盛，還不懂魯莽不是勇，血氣方剛不叫義，成群結黨，相互掩護並不就是忠信，以暴治暴，以牙還牙更不是仁，這是愚蠢，不是智呀！」

漢晨直覺得，王伯伯故意講這麼大聲，是要說給自己聽的。啊，蜜蜂又開始一大群，一大群叮漢晨的耳膜了。

時間停頓了一會兒，王伯伯正在給關二爺插香吧，接著，王伯伯繼續說：「明勝呀，漢晨遺傳你的善根，一定會了解你生前經常告誡他，關二爺講的，只有在五常、八德的修養下，才能成為真正大義好漢，不然就是愚勇莽夫的道理，不但成不了大器大業，還會走向偏路，更別說救助別人了！」

啊，幾千隻亂馬一起踐踏我的心臟，我快要吐出血來了！

「孝悌忠信人之本，禮義廉恥人之根。」

「孝悌忠信人之本，禮義廉恥人之根。」

父親的聲音在他耳裡不斷響起，像緊箍咒一樣響起，漢晨頭痛欲裂，在床上打滾，不要再念了，不要再念了！十一歲時，你離開我，就沒再教過我，為什麼現在還要回來折磨我？你說要教我做個漢子，可是你沒有！

經過漢晨的抗議，父親的聲音停止了，漢晨狼狽的癱了下來，如媽所說的，我在怨爸嗎？爸生氣了嗎？他還會回來嗎？

「叩！」這時一個小石子扔到漢晨房間的窗戶上，漢晨一翻身，頭探出窗外。

「我啦！」窗外是阿毛，他壓低嗓門，卻提高肺活量低沉的發出聲音，並揮手叫漢晨出來，

「三冠被至尊堂堵到了！」

雖然漢晨聽不清楚阿毛在說什麼，但他隱約知道，三冠出事了。於是他毫不考慮地從窗口跳了出去和阿毛會合，兩人邊跑邊說。

「三冠傍晚時被至尊堂的傢伙堵到，被海扁到吐血，肋骨斷了好幾根！大哥叫我們回去，我們現在要去討個公道回來！」

「可是，他們有噴子！」漢晨說。

「靠，噴子個屌，大哥也去弄一隻過來了！」

「好，我們這就去抄傢伙！」漢晨全身著了火，入了魔，眼睛都是血絲，臉部五官全扭曲在一起，騰騰地散發出殺氣。

家裡這邊，王伯伯準備告辭了，「我去叫漢晨出來一下吧，對長輩怎麼可以這麼沒禮貌，都不出來打個招呼？」母親邊說邊打開漢晨的房門，「咦，他幹嘛跳窗子出去？」

「糟了！」王伯伯驚道，一場火併要開始了！……

漢晨順手將桃花擺到桃花樹的根部，就讓落花歸根吧，「一切化生皆活命，嚴冬零落發陽春」，「爾能遵守惜萬物，福有攸歸禍不侵」。是啊，漢晨是在花了很長的時間後才了解到，在生命裡，「精忠沖日月，義氣貫乾坤」的背後，其實是「大悲大願，大聖大慈，太平開天，普度皇靈」的一顆仁民愛物、教化眾生的心，「輔德討罪忠義神，覺頑化迷感應神」，而不是憎恨、報復、廝殺。

火併後的漢晨站在關公和父親遺像前面，母親在一旁無語的啜泣，王伯伯則一臉嚴肅。

王伯伯和大隊人馬趕到時，雙方談判已經破裂，火併剛剛開始，一片廝殺聲中，警方連鳴數槍示警，火併份子連忙逃竄開來，一場血腥的相殘才鎮壓下來。

空氣凍結了，站著的漢晨一臉孤傲，甚至不願正眼瞧父親照片一眼。

「漢晨，你這樣做，怎麼對得起你父親？」半晌，母親終於按耐不住脾氣，一反溫柔的常態，歇斯底里地嚷起來，「還不跪下，跟你父親認錯！」

見漢晨沒有反應，母親於是靠過來捶打推搖漢晨，眼淚卻簌簌地流了下來，漢晨被母親逼極了，脫口而出：「為什麼？是他先拋下我們的！」

母親一聽，楞了，天地好似都在轉動，眼前一片亮白，完全看不到東西，然後整個人軟趴趴地癱了下來。

「媽！……」漢晨和王伯伯連忙將母親攙到沙發上，母親別過頭去，不說話，只是覺得，今天空氣為什麼這麼稀薄，我覺得頭好暈，呼吸都很痛苦！

王伯伯嘆了長長一口氣，明勝，我的八拜兄弟，我的生死盟友，對不起，我沒照顧好漢晨，才讓他怨著你！王伯伯淚水也流了下來。

「漢晨，你父親是個漢子吶！一個鐵錚錚，有情有義的漢子吶！……」

根據目擊者的描述，當時，歹徒的槍抵住人質的頭部，人質還只是一個小女孩，她驚慌失措的瞪大了眼，然後才號啕大哭起來。

「不要一錯再錯了！」父親在柱子的掩護下，用槍對著歹徒說，歹徒大腿已經受傷走不動了，他只能坐著，父親其實很輕易就可以射殺他，但為了人質的安全，父親還在勸降他。

「你放了小女孩，我可以跟檢察官跟法官做證，說你是自願棄械投降的，法官會從輕量刑！」

「不要過來！」但是歹徒已經失去理智，現在，他也不知該怎麼辦，所以，他全身抖得很嚴重，連在幾步外，都可聽見他全身骨骼因為顫抖發出的聲音。

「你還年輕，」父親繼續勸降，「從輕量刑出來後，還可以重新來過！」

歹徒既然哭了起來，像牛一樣，大聲的哭了起來。

「如果你傷害了人質，會罪加一等！可能是死刑！」

歹徒似乎意識動搖了，他的手槍慢慢放了下來。

「對，把人質和槍放了，我可以跟法官做證，你是自願棄械投降的！」

歹徒猶豫間，雙手鬆了，小女孩趁機狠狠咬了歹徒一口，然後掙脫地向父親跑過來。

「啊！」歹徒被咬得痛澈心肺，見人質要逃跑了，立刻反射性的又舉起槍。

「不—要—開—槍—！」父親從柱子後立刻飛身出來抱住小女孩。

一道子彈擊發的聲音突然響起，好像一顆過年的鞭炮轟然炸開。子彈從父親的背部射入心臟，他的血像一朵巨大的蓮花一樣地瞬間綻放開來，然後灑了一地，一地的，血的花瓣。

父親看了小女孩一眼，知道她沒有受傷，然後身體一鬆，當場就殉職了。

歹徒很快的被逮捕、起訴並宣判死刑，宣判那天，母親也到場了，還押的時候，歹徒轉身看到母親坐在前排，他跪了下來。「張太太，我該死，我該死！張先生是個好警察，當時我失去理智，不知為什麼開了槍，下輩子，我做牛做馬一定彌補你們兩位！」

然後歹徒不斷的對母親磕頭，而她腦中是空白的，法警拉起歹徒架他離開，歹徒一直回頭對母親哭喊：「張太太，對不起！對不起！」。

「如有毀法妄想，不許生身人世；阿鼻地獄呻吟，那時毀禍已晚；急早佩服法文，回頭諸惡莫作。」母親似乎記得，父親經常這麼誦著。

等待處決的那段日子，歹徒一直託人來向母親懺悔，並說他在牢裡一直念經迴向給父親，他不敢奢求母親的原諒，只希望下輩子能做牛做馬來為他們贖罪。

但是，如何叫一個女人原諒奪走她丈夫生命的惡人？那惡人甚至用子彈打穿她丈夫的心臟，讓她丈夫曝屍在街頭，讓她的心都碎了，死了，永遠再也無法癒合，重生。

那天，母親一個人整理父親的遺物，她將它們一件件收拾好，一件件封藏到自己的心中，再也不要輕易拿出來了，就只要這樣永遠保存著。母親拿起父親遺照旁那本翻縐了的《明聖經》，循著父親曾經念誦過的字句，一字一句追尋著丈夫的靈魂，她深深感覺到，父親透過經中的每個字，每句話，正在跟她溝通，和她心靈相契。

「世人孰無過，改之為聖賢。」

「回心向道，改過自新；滿腔仁慈，惡念不存。」

「日在天上，心在人中。心者，萬事之根本，儒家五常，道釋三寶，皆從心上生來。」

母親唸了好久，剎那間終於明白了，為什麼當時在小女孩跑向父親的最後緊要關頭，父親沒有開槍擊斃那個歹徒？因為，他沒放棄給歹徒最後一個改過自新的機會！現在，雖然「天網恢恢分曲直，神靈赫赫定盈虧」，歹徒被宣判死刑，但如果他已經真心懺悔了，那我還是原諒他吧，或許，有機會再當人時，他可以因為這樣，而學習做個好人吧！

所以，在歹徒的家人再次來向母親懺悔時，母親親口告訴他們，她已經原諒他了。母親知道，父親也同意這麼做。……

「漢晨，你父親是個有情有義的漢子吶！他不是故意要先走的！」王伯伯說完，低頭飲泣著，無法言語。

「其實，……，我並不怨父親，我愛他，我真的很愛他！我只是捨不得他就這麼走了，所以，我每次都故意不想看到他的遺照，這樣，我才能騙自己一直等，一直等，等到有天，他突然回來了……」

「爸！」漢晨跪了下來，在父親遺照前趴在地上嚎啕起來，「爸，我真的不怨你，我真的很愛你，爸……」……

漢晨終於走到靈骨塔裡父親的牌位前，他將菊花輕輕的獻給父親，父親短暫的一生清白雅潔，就像這束菊花一樣。

牌位上，父親的遺照笑著，漢晨對父親笑容的印象，一直停留在十一歲的那年。這些年，漢晨經常在想，如果父親還在，他會是什麼樣子？他也會是個蠶眉鳳眼的紅臉爺爺嗎？

還是這些年來，漢晨其實一直把紅臉爺爺當成是父親？所以每當他端詳紅臉爺爺的時候，就好像在端詳父親一樣，並且在默默接受他的教誨？所以，父親其實從來沒有離開過他？

爸，漢晨心裡想，兒子今天又穿了最筆挺的警官制服來看您了，您常說，您的一線二星，一線是忠義，二星是五倫、八德，那我二線二星，多出來的一線是什麼？是永遠愛您，愛眾生的心，好嗎？

「浩氣凌霄，丹心貫日；完大節而篤忠貞。小隊長張漢晨向漢子張明勝，敬禮！」

註：本文詩句全出自《桃園明聖經》（本文獲忠義文學獎）

放手

麻雀們總是在初晨一片淡朱色光網的籠罩下，定時聒噪而又急切的吵醒老舊的金城新村，眷村內一棵留滿苒鬚的老榕樹在晨曦裡龍鍾而又佝僂的站著，凝視近半世紀以來的時光不斷從身邊走過，然後不回頭的走入宇宙洋流——眷村已經走入歷史，人去樓空了，只剩下一個頹圮的空殼，和追念它們的「眷村博物館」，就像父親現在一樣，只有一具殘軀，卻沒有任何意識的躺在病床上。

安莉每天要到國軍新竹地區醫院看顧父親前，總是會遵照他之前的交代，先把家裡那株蝴蝶蘭照顧好，因為那是他最鍾愛的一株花。父親經常說，他可以在粉紅色的蝴蝶蘭上，看到過世的妻子，春天一樣的笑容在花瓣裡舒展開來。

但踏進醫院時，安莉的心總是懸著，害怕這次看到的，會不會是一具沒有溫度的屍體？父親現在靠著微弱的呼吸和插滿全身的針管、冰冷的儀器維持生命，唯一能做的，便是意識模糊的躺在病榻上，等待斷氣時死神過來將他帶走，他還會想活下去嗎？想到這裡，安莉的眼淚便涔涔地流了下來。

起先，安莉總是坐在病床旁的一張椅子上，凝望雖然活著，卻已經無法表達意識的父親，他嘴巴微微開合著，也不知是在吞吐一些言語，還是想要吸進一點空氣；他的手指輕輕搐動，也不知是意有所指，或只是神經的自然反應。安莉只敢輕輕摸著父親的手，深怕一不小心，就會將插在他身上的針管弄走位。她不知道，這麼多像釘子一樣粗長的針刺穿他的皮膚、肌肉還有內臟，深深地紮根在身體上，他還會痛嗎？有時她也懷疑，現在父親身上流動的，到底是血液，還是藥水？現在父親的生命跡象，是表現在他悲苦的表情上，還是儀器的跳動上？

她記得父親意識還清楚的時候，有一次醫生為了幫他檢查那些因為躺得過久而長出的背臀褥瘡，因而翻動他的身體，一陣折騰後，醫生又將父親安置回原位，當她送走醫生後，回過頭卻看見父親眼淚決堤的崩潰下來，無語的望著自己。

他，想說什麼？但，他始終沒有講出口。

父親當了一輩子的軍人，安莉只見他哭過兩次，一次是年輕便守寡的祖母過世，一次是跟他四十年的母親過世。所以當時父親的淚，就這麼腐蝕著她的心，她劇烈的痛，甚至比硫酸潑灑在身上還灼燙，比利刃活生生插進指甲縫還痛！所以，她也只能以啜泣，回答父親的眼神，但那次，她卻無法控制地哭出很大的聲音。

當晚安莉做了一個夢，夢見一個囚犯的體肉和器官被倒鉤的針線鉤住，一群獄卒正在用力拉扯這些線，囚犯發出比活體切割還痛苦的掙扎、尖叫、哀嚎，原來，這是最嚴酷殘忍的地獄肉刑……

之後，坐在父親前面，安莉和半閉著眼，眼珠子往上吊的父親，都已經學會透過某種方式來減低痛苦並且做心靈溝通。她只要勾著父親的手指，輕輕地喚他，然後閉上眼睛，他們便可以分享彼此關於對方最快樂的回憶。

父親告訴安莉，他關於她最快樂的一件事，不是她從國外拿文憑回來，也不是她第一次有能力送他一支價值不菲的名牌手錶，至於他親手將她交給子平，現在的丈夫，是第二快樂的事，第一快樂的事，是他看到她的女兒婷婷出生。

「妳知道嗎？」父親告訴安莉，「妳結婚後，我還是會操心，操心妳和子平過的幸不幸福？但當我看到婷婷時，便知道妳已經完全長大，不需要再我操心了。而且我真的很愛婷婷，因為她就是小時候的妳，所以我便回到以前，又擁有一個小女孩，給我帶來幸福的小女孩。」

在分享快樂的過程中，他們勾著的手指，總是不由自主的越握越緊。

「安莉，」父親又說，「妳真的帶給我很多快樂。」安莉感覺到，父親這時正在撫摸她的頭髮，就像她還是一個小女孩那樣。

那，安莉關於父親最快樂的回憶是什麼？這本來是一個秘密，但，安莉還是將它說出來。安莉腦海中始終有一幅畫面：十八尖山森林公園參天的古木下，微風吹送著淡淡的青草香味，從森林的步道出來，在大大的火紅夕陽背景下，一個壯碩走著路的男人，他的肩頭上坐了一個小女孩，小女孩頭上戴著一個由花草編織成的頭環，手上拿著一條長樹枝。但是男人告訴她，她現在正戴著后冠，拿著權杖，騎著白馬，要往城堡的家出發。

「白馬快跑！」小女孩蹬了起來，男人於是加快腳步，喊衝的跑起來，在小女孩越來越亢奮的情緒，和越來越激烈的蹭動中，男人越來越大聲的喘息，最後，兩人翻倒在路邊的草皮上打滾，並抱成一團。

「啊，妳變得更重了！」男人大聲但興奮的叫著，小女孩則咯咯的笑著。小女孩最快樂的是，她今天如願的獨自擁有這個男人——她的父親一整天。

「爸，妳知道嗎？」安莉說，「你經常不在家，我一直想獨佔你，但不是現在這個樣子。爸，我不知道，現在你這樣，是不是真的很痛苦……」

每次當安莉說到這話題，她和父親之間的快樂分享時光便會結束，然後，那個英俊挺拔，大聲說話的男人就會消失，眼前出現的，是枯瘦的像骷髏，只會全身不自主顫動，任人用針管五花大綁在病床刑場上，又不知何時處決的父親。

「我們建議您讓令尊做安寧緩和醫療，」之前主治醫生曾經跟她提起，「他隨時都會結束生命，任何的救護行為帶給他的都只是痛苦，不是希望。」

「那您們會怎麼做？」安莉完全沒有主見，只能徵詢醫生的看法。

「我們會以減少他的痛苦為主，不再施以任何活命的救助。」

「……所以呢？」

「您必須簽下放棄急救同意書……」

「……結果呢？」

「沒有急救的情況下，令尊可能很快的會在病危中過世，或在一兩週內因為敗血而衰竭死亡，但我們會讓他在最沒痛苦的情況下有尊嚴的離去。」

安莉不知醫生何時走開，因為，她一直沒有回過神來，只是全身戰慄的嘎嘎作響。我要簽下一個讓父親很快或在一兩週內死亡的契約書？呵，天啊，為什麼我會一個人待在這個零下的冰凍庫裡？冰凍庫四週都是鐵牆，冰冷的陰風咻咻颳著，我好冷！這地方只有一個人可以廁身，為什麼我這麼孤單的躺在冰雪中？這是哪裡？太平間的冰凍庫？還是無間的冰獄？

安莉倏地驚醒過來，不行，誰也不能從我手中將父親奪走，她嘶喊了起來！

「安莉，妳看這蘭花開得多美，」安莉於是又想起父親在半年前跟她展示那株蘭花的情景，「記住，蘭花雖然凋了，可是只要養護得好，就又會長出新的花朵來。」

但就在沒幾天後，經常胸痛的父親竟然在國軍醫院檢驗出得到肺癌的報告，那時他還平靜的跟安莉和子平討論，是否要接受化療。

「都幾十歲的人了，」當時父親說，「也沒什麼好牽掛的，心裡其實還有點盼著能早點見到妳祖母和母親。將來只希望走的平平靜靜，不要發訃文，不用公祭，和妳媽放在同一座公墓靈骨塔就可以了。」

住院後進一步確認，父親已經是末期了，醫生不確定化療是否對他有用，原來，父親已經隱瞞他的咳血和病痛好久，直到他最近實在已經疼痛到受不了，並且體重急遽下降，才自己去就診。

父親住進醫院後，便再也沒有出院，而蝴蝶蘭，竟然在隔天凋落了，是否，她也要用一生的燦爛為父親殉情，報答他將她視為妻子笑靨一樣的呵護？

但，縱使父親這樣安靜的躺著，他的苦難卻並沒有結束，接到病危通知趕到醫院時，醫生正在幫他急救，如她所能想像的，醫生會用電擊器電擊他的心臟，會切開他的氣管進行插管，會用 CPR 捶打他的胸部，會用大量的強心針注射他……

經過一番征戰，醫生將父親從死神手中搶回來了，當父親被推出急救室要送進加護病房時，安莉看見父親胸口上的灼傷，像被野火燃燒過的草原，留下一片焦黑；父親的血，像潑墨一樣的灑在床單上，染紅了一片原本潔白的天空；父親的胸膛已經變形，他年輕時最引以為榮，用來保家衛國的驕傲肋骨，已經一根一根的被壓斷了，壓碎了……

「爸！」當父親被推過安莉眼前時，她看見父親半睜開，但沒有眼神的眼睛，他的黑眼珠已經泛白，眼白充滿火紅的血絲，他更清楚的看見，父親臉龐爬滿了錯綜複雜，像蛛網一樣的淚痕，他哭過了嗎？而且，他的嘴張得好大，剛剛他大聲的嘶喊嗎？還是他要告訴安莉什麼？安莉一直靠過去要問父親，但護士將她勸開，火速的將他推進加護病房。

剎時，安莉看到父親嘴巴裡的假牙拿掉了，只剩下幾顆歪歪斜斜，不成樣子，好似是牙齒的東西附著在口腔裡。安莉從來不知道，父親已經這麼衰老了，她一直以為，他是那個可以永遠讓她騎在頸背上，永遠叫他「白馬快跑」的男人……

然後，安莉好似一個人飄在一片空曠，沒有天，沒有地，沒有邊，沒有任何東西，沒有時間的虛空中。虛空中，安莉只是感覺，自己好似也一點一滴的融化了，融化在虛空中，沒有意識，沒有思想，沒有感情，沒有爸爸，沒有我，最後連虛空也沒有了……

直到眼淚叫醒安莉，她才慢慢回過神來，失魂落魄的在醫院裡的走廊飄移，好似已經變成一縷幽魂。途中，她看到一片別人遺落下來的蘭花花瓣，便蹲下去將它拾了起來，她看見粉紅色的花瓣，上面有紅色的血液在瓣脈的血管裡流動，她也看見了，花瓣正在以平常人看不出來的速度失去水分、枯萎，但花瓣沒有哭泣，因為她已經準備好要回去她當初來的地方。

「媽！」安莉突然叫起來，她看見蘭花花瓣上浮現出母親的臉，不禁叫了出來，「妳還好嗎？」母親沒有回答，一如往昔的，只是溫柔的笑著。安莉清楚的看到，母親還是一副素雅清秀的臉龐，穿著一件白色的唐裝，唐裝上繡著一朵粉紅的蘭花，淡淡的，她和父親最喜愛的那種清淡。

安莉又看到當年的畫面浮現出來，母親心臟病發，被火速送到醫院，經過一番急救後，醫生走出來。

「對不起，送來時她已經往生了，我們急救無效，請節哀！但她走得很快，應該沒受到什麼痛苦。」

父親當時強咬著嘴唇：「謝謝，謝謝！沒痛苦就好，沒痛苦就好，我不想讓她再痛……」

「請家屬進來見死者最後一面。」

他們走進去，父親翻開覆蓋住母親臉龐的白布單，如醫生說的，母親應該沒受到什麼痛苦，因為她的面容還是這麼祥和，沒有恐懼，沒有怨怒。

「妳媽身體一向不好，事先把什麼都交代好了，所以也沒什麼掛礙，頂多，頂多有些遺憾，遺憾離開我們。但我告訴她，不管誰先到菩薩那邊，都要等另一個，然後一起牽手走，她同意了，所以，最後，她連遺憾也變很少了……」

安莉記得當時父親的表情，雖然哀傷，可是因為他和母親之間的約定，所以還是溫柔的望著母親，希望母親記得他現在對她好的樣子，免得將來母親認不出他來。

但，為什麼，父親現在的表情，卻這麼扭曲，這麼掙扎，甚至，這麼猙獰？

花瓣裡的母親持續笑著，一如她六十多年來溫文的脾氣，生前父親經常不在家，她卻總是像一株雅竹，柔軟但堅韌的在風雨飄搖中張開枝葉，獨自保護一個家庭，她雖不是寡婦，卻與忠貞新村寡婦樓的女人，有什麼不同？安莉記得小時候有一次父親從金門回來，那是一個遙遠而又危險的小島，父親搭著一艘鐵殼船衝破蕩漾的風浪，經過海峽回到台灣，當父親進入家門的那一刻，全家人都蜂擁而至，簇擁著父親歡呼。此時，只有母親安份的將她的丈夫，一個離開她將近一年的夢中人，又捐獻出來給大家，她知道，祖母跟大家都迫不及待的要與父親相聚，所以她又默默的走進廚房，準備一家團聚的團圓飯，並將她滿腹的淚水與思念又吞到肚子裡，因為安莉經常在睡夢中，彷彿聽到母親因為擔憂而發出的啜泣聲。

「媽……」安莉對著花瓣呢喃，安莉一直在想，母親應該到淨土了吧？因為祖母在等不及父親趕回來見她最後一面就過世後，母親一直遺憾不能再代替父親奉養祖母，便每天虔誠的祈求菩薩將祖母帶到一個無憂無慮，沒有痛苦憂傷的地方，所以，母親現在也應該在那個沒有痛苦憂傷的地方了吧。

安莉記得有一次和母親到安置祖母的大坪頂公墓靈骨塔去祭拜，當她們走入園區時，母親突然有感而發的說，祖母到最後還是不能和祖父長相斯守，所以雖然她和父親一輩子總是不斷的分離，但最終卻應該可以在一起，相較之下，她覺得自己是多麼幸運！

當時安莉心疼的擁住母親，她強烈感覺到母親溫暖、有心臟跳動的身體在微微抽搐，她也才終於知道，母親只是把她的感情深深的隱藏起來，讓自己表現的像一個軍人的妻子，但她內心是多麼渴望能跟一般女人一樣，有個可以依偎、躲藏，甚至哭泣的胸膛。

「不管誰先到菩薩那邊，都要等另一個，然後一起牽手走。」父親與母親的約定在安莉耳邊響起。

花瓣裡母親還是生動的笑著，彷彿她還在一樣。

「媽！……」安莉突然叫道，難道，母親其實一直還沒去淨土，因為，……她還在等父親？一道雷貫進安莉腦袋，安莉此時也終於知道了，父親一直吞吞吐吐沒說出來的那句話是什麼！他是那麼痛苦，想走，去找媽，又怕我傷心，所以說不出口！原來，是我一直拉著父親的手，不肯放他走，讓他一直承受著沒有意義，卻無窮無境的劇烈痛苦！……

「媽，……」安莉對著花瓣說，「我要放手，把爸交給妳了……」母親還是笑著。以後，您們就跟往常一樣，在清晨六點時，到護城河親水公園和那些爺爺奶奶們一起打太極拳，早晨的空氣新鮮，天空還有成群的麻雀唱歌；然後可以到十八尖山的綠色隧道走走，聽聽鳥叫蟲嗚，看看花兒爭妍鬥麗，吹吹清涼舒爽的山風；假日時就到北門廣場，看人家表演民俗歌舞，看頑皮的小孩在那裡奔跑，讓心再熱鬧起來……，最重要的是，您們一定要牽好手！

今天，安莉特地把父親的房間打掃乾淨，待會兒要去醫院把父親接回家，他一生在沙場，最後一程應該在家裡，在這個他最愛的地方，他才能最安心的離開，離開去找媽。

跟往常一樣，安莉先去照顧那株蝴蝶蘭。早上金黃色的陽光點點灑落下來，安莉拿起噴壺澆水，卻發現，蝴蝶蘭已經又長出苞來了，而且還是兩個，它們正努力的要露出臉來重新看看這個世界！安莉驚奇地凝視了好久，卻不禁露出難得一見的笑容，因為她看到了，這次，是爸和媽一起牽手回來了。

一 女淚

鹿港海邊的野風總是朔大，但每天清晨，天空才微微露出一點曙光，佳玲便不自主的起床，然後通過偌大的紅磚廣場走到媽祖宮，這時，天地一片氤氳寧靜，高聳的「天后宮」牌樓上，雙龍搶珠映著旭日光芒，菊蘭滾著早晨的晶瑩露珠。雄偉古樸的媽祖宮大門緩緩的打開，一股檀煙和素花的清香便裊裊飄散了出來，晨曦就像五彩的光暈，覆在兩邊飛翹的屋頂上，好似為媽祖梳好了頭，並披上鮮豔的頭紗。

佳玲經過三川殿，通過一對青斗石刻，八角柱身的古老龍柱，走進肅穆的正殿，正殿的媽祖婆早已燻黑，看著遠從湄州渡過海洋而來的開基二媽，佳玲跪在祂的面前，虔誠的凝望著。佳玲凝望著，心靈走過了歷史的時空隧道，想著開基二媽當時從海上飄浪過來時，或許遇到了狂風，或許遇到了激流，但祂心中有害怕嗎？而這三百二十六年來，身在異鄉，祂孤獨嗎？

那，我害怕嗎？孤獨嗎？佳玲總是如此自問，然後深深的趴在媽祖的跟前，兩行眼淚不覺得流了下來，並不禁的沾濕了跪凳，她總是呢喃著，彷彿要跟媽祖婆要一個答案，但媽祖婆總是微笑著，靜穆卻又和藹的微笑著，雖然祂不曾說，但佳玲知道，媽祖婆告訴了她一些事情，那不只是關於安慰之類的。

但是，佳玲很快警覺，最近她多了一件事要做，那便是要去慈惠醫院照顧一位老婆婆，所以佳玲便又快速的起身，然後匆忙的步出媽祖宮快步離去。這時，宮外的麻雀早已聒噪的佔據了整片天空，天色也變成一片湛藍，陽光像金粉一樣灑下來，海風微微吹過來，雖然有些鹹濕，佳玲覺得自己在經過一番沐浴後，更有面對今天的勇氣了。

到了慈惠醫院，望著躺在病床上的老婆婆，佳玲有一種很陌生的感覺，一度佳玲還在疑惑，為什麼自己要來照顧她？斑白的頭髮，好似鳥巢一樣的盤據在瘦小的頭顱上，她的眼眶烏黑凹陷，好像兩個乾涸的窟窿，雙頰像刀削過一樣地尖削下來，她那麼瘦，那麼輕，好似，一不小心就會摔碎了。

矇矓矓地，佳玲看到自己四歲小女兒曉薇早先的時候，那時曉薇還是一個剛滿週歲的嬰兒。她逗著曉薇豐潤的臉龐，曉薇咯咯地笑了起來，她總覺得，曉薇的笑容像一朵花，那麼燦爛地綻放，像一片陽光，把她的心都融化了。

於是，佳玲把曉薇抱在懷裡，輕輕的親她，教她叫：「媽……媽……」，曉薇鼓碌碌的大眼盯著佳玲，佳玲知道，媽媽天使一樣的影像，媽媽黃鶯般的聲音，媽媽這個名詞的意義，已經慢慢的滲透到曉薇的心裡。

矇矓矓地，佳玲又看到曉薇早先的時候，那時曉薇已經開始學走路了，她總是毫無忌憚的將雙手扶在牆壁、桌面等可以攀附的物品上，一步一步的移動，她要去探索這個廣大而又陌生的世界。沒有什麼可以阻擋曉薇，精力旺盛的她，甚至企圖攀過兒童床的欄杆下來找佳玲，但這樣，讓佳玲無法整理家事。無計可施的佳玲，於是將腳底按摩墊排成一道禁區，因為按摩墊上有一粒粒突起的硬凸塊，沒穿鞋子要走過它，會有些疼。

就在佳玲佈好禁區，將曉薇限制在一個區域準備好好整理家務時，卻聽到曉薇的哭泣聲，佳玲回頭一看，原來曉薇為了要過來找自己，正在忍受痛楚穿過禁區，她手扶著牆壁，粉紅細嫩的光腳丫子踩著突起的硬凸塊，一步一步蹣跚的前進，眼淚的珍珠已經掛滿她的臉龐。沒有什麼可以阻擋曉薇尋找媽媽，縱使前面是一片荊棘，佳玲於是趕緊過去抱起曉薇，兩人一起哭了起來。

佳玲知道，媽媽天使一樣的影像，媽媽黃鶯般的聲音，媽媽這個名詞的意義，已經完全烙印到曉薇的心裡。

於是，佳玲也想要找尋自己心中那個天使，可是，她找不到，找不到那個烙印，最後，佳玲卻在心的一個角落，找到四滴眼淚，兩顆黑的，兩顆紅的，那個角落專門收藏不悅的、想要遺忘的記憶，所以那是個禁錮的角落。

佳玲猶豫了，是否要進入這個禁錮的地方？為了想起眼前這個老婆婆是誰，佳玲於是進入這個心的角落，還有映入眼簾的四顆眼淚。她蹲下來，用手捧起了第一滴黑色眼淚，她隱約記起了，那是她五歲時目睹父親與母親強烈互毆，所流下的眾多淚珠中的一滴，其實在這之前，他們已經經歷長年的互毆。但那次印象之所以特別深刻，是因為母親從此便回到娘家，之後，就很少回來，她也要回到有母親的地方。

事實上，長久以來，母親對她與對哥哥東暉的愛，也是不一樣的，在母親偶而回來的時候，她總是打掃東暉的房間，清洗他的衣服，並塞給他足夠的零用錢，甚至，東暉似乎掌握了父母分居的矛盾，並進而以此為要脅，老是去跟母親要賴，要求更多的金錢當作補償，而母親也總是竭盡所能的以溺愛來回補他。但對佳玲，母親則沒有對她這麼好過，母親總是望著她，一臉的憂鬱，欲言又止的，然後不發一語的走了。不過每次臨走前，母親一定會跟神桌上的祖先和媽祖婆燒香，她每次都對祂們說了好多話，比跟佳玲更多的話。

矇矓矓地，佳玲好似看到五歲時的佳玲，小佳玲原本像曉薇一樣，要穿過一片荊棘走到母親的懷裡，但母親一次次絕望的神情讓她怯步，母親不發一語的轉身讓她知道，天使的翅膀折斷了，黃鶯瘖啞了，媽媽的定義模糊了。所以後來，小佳玲終於學會一個人走過一片滿是荊棘的荒地，如果說對母親還有什麼期待的話，那便是她很想知道，母親欲言又止的囁語到底在說什麼？她到底又跟祖先和媽祖說了什麼？為什麼她寧願跟祂們說話，也不願和我多說一句？

接著，佳玲捧起第二滴黑色眼淚，她想起來了，那也是她十二歲時流下的眾多眼淚之一，那天晚上，她夢見自己尿床，她已經很久沒有尿床了，一個十二歲的大女孩不該尿床的。但隔天醒來，她發現自己不是尿床，而是流了一灘血。在接下來的幾天，她都夢見自己死了，她死的時候很惶恐，情緒很真實，好像，喔，不，是真實的在一片自己的血海裡孤獨地掙扎、呼喊、淹沒、窒息、死去、僵硬。她就這樣連續好幾個晚上死去，成為死屍在血海裡載沉載浮，並在隔天活過來後在褲子裡塞上厚厚的衛生紙，然後行屍走肉的到學校上課。下課回家後，她就躺回冰冷的床上，等待死亡的輪迴降臨。

佳玲已經忘了是如何從血海裡求生過來的，是偷偷聽見同學也在討論這件事情，還是已經習慣週而復始的失血，不過她清楚的記得，她的第一件胸衣是一位女老師送她的，那時，她已經國中二年級，之前她完全不知道要如何穿這種衣服。

佳玲於是把兩顆黑色眼淚收了起來，心的角落裡還有兩顆紅色眼淚，不過，她已經不想再去探詢了，她要離開這個讓她傷心欲絕的地方，她好不容易才將這些記憶都鎖在這裡，不再去翻掀它們。不過佳玲此時已經想起來了，眼前這個老婆婆，就是五歲時離開她的……母親。

「她長期營養不良，嚴重貧血，重度胃潰瘍需要開刀。」醫生說。

佳玲到現在還是不清楚，為什麼當初接到母親住院的消息時，她會立刻前往醫院，並且扛起照顧母親的全部責任，現在不是應該由母親一向溺愛的東暉來照顧她嗎？可是東暉這時卻已經不知去向，他玩慣了，他沒有家庭的縛綁，沒有父母的約束，就像野馬一樣盡情而恣意的在懸崖奔騰，而且從來不接家裡的電話，有時甚至神秘消失兩三個月後才又突然出現，所以他不知道母親住院，如果這時母親過世，他甚至不知道應該回來參加她的喪禮。

「妳媽媽已經有點語無倫次了，」醫生接著說，「她才六十一歲，應該還很健康才對，妳不知道嗎？」

面對醫生的質疑，以及帶有責難的語氣，佳玲無語。

佳玲腦海裡浮出一個畫面，讀國二的她坐在門口的樓梯上，感覺人生就像一張蒼白鏤空的畫布，用再多的顏料都無法上色。家裡的冰箱已經完全沒有食物了，電鍋只剩下些許的飯，事實上，她在學校已經連續一學期沒有吃午餐了，所以午餐的時間，她總是在校園裡繞，如果現在她把剩餘的飯吃掉，明天中午，她就不能帶便當，就必須又在校園裡繞，她不喜歡這樣沒有目的的，一直重複繞著一個圓圈，雖然這個圓圈很大，裡面有很多人在那兒嬉鬧。

可是，沒有吃午餐的她真的已經很餓了，所以她決定把剩餘的飯拌醬油吃掉，但當她從電鍋拿起鍋子時才發現，父親忘了將飯拿去冰箱，那鍋飯已經酸掉了……。那時，呆在廚房的佳玲有一種想要解脫的念頭，這裡有刀，有老鼠藥，有洗廁所的硫酸，有繩索，距離地面也有六層樓高……

「妳不知道嗎？」醫生的話在耳邊響起。

「妳不知道嗎？」佳玲想問母親。

母親的住院和開刀事宜，在佳玲的照料下，很順利的進行，手術後母親不發一語，整天躺在床上，雖然她的靈魂還在身體裡，可是佳玲卻覺得她的身體沒能將靈魂牢牢抓住，所以她的生命好像窗前的蠟燭一樣，晃呀晃的，飄來飄去。

「佳玲啊，妳哥有來沒？」突然，她會睜開眼睛，虛弱的問佳玲。

「沒。」佳玲答道，母親又閉上眼睛。

「東暉來過了沒？」不知過了多久，母親又會睜開眼睛，虛弱的問佳玲。

「沒。」佳玲答道。這就是她們一天的對話內容。病房裡沒有任何聲音，連時間也放慢腳步，不敢從這裡大聲經過，可是就這樣，這段時間她們之間進行了比這二十五年來更多次的對話。

母親的傷口逐漸癒合，可是躺太久的母親變得更虛幻，她不記得手上插著點滴，不記得人在醫院，可是卻清楚的記得之前的所有事，越久遠越清楚，然後沒有意識的，沒有順序的，喃喃的播放出來。

「佳玲啊，不要怪媽，」有一天，佳玲聽見母親這麼呢語，「不是我不惜你，我嘛過了足艱苦！東暉是厝內的香火，我對伊好，才對得起林家祖先，我只有請媽祖保佑妳……」

說完，母親開始啜泣，兩行淚水從眼眶一直流下來，好像她那凹陷的窟窿變成了兩口井。

佳玲觸電了，她渴望知道的，當時母親欲言又止的囁語，向祖先與媽祖默禱的，從來沒有說出口的話，原來就是這樣！她和爸爸形同分居，卻還惦著傳遞林家香火的責任，她自己也過得艱苦，沒有多餘的能力照顧我，所以每次都選擇黯然的離開，而醫生說，她長期營養不良，已經嚴重貧血，語無倫次了。

矇矓矓地，佳玲又回到那個儲放不悅記憶的心的角落，她捧起第三滴紅色眼淚，發現那是她當初見到母親轉頭要離開時，從母親臉上掉落下來的眼淚，佳玲將它收拾了起來，放在這個禁錮的角落，所以她遺忘了曾經收集過這滴眼淚。

佳玲彷彿看見自己正在摸著母親凌亂的白髮，其實，她從未摸過她，包括現在母親住院，因為，因為陌生吧。在照顧母親的時候，佳玲一直要命的想起曉薇，想到心都絞痛了起來，她夢見和曉薇抱在一起睡，曉薇親吻她的臉龐，要摸著她的長髮才肯入睡，而她也吻著曉薇。後來她看到，她變成曉薇，母親變成她，她們抱在一起睡，佳玲親吻母親的臉龐，要摸著她的長髮才肯入睡，而母親也吻著佳玲。

佳玲於是又捧起第四顆紅色眼淚，原來，那是媽祖的一滴淚，每次，佳玲都凝視家裡的媽祖，潛意識裡好似見到了母親；每次當她把簡陋的供品放在神桌上時，她都希望媽祖真的吃了它們，潛意識裡好像母親已經吃了；木刻媽祖的表情，好似隨著佳玲的心情而變化起來，好似，母親也都知道了。

佳玲看到了，自己像蟲一樣的捲曲在神桌前的破沙發上睡著了，初冬的天氣有點寒意，昏睡中的佳玲感覺自己走在空曠沒有邊際，現在正是永夜的南極大陸，天空就壓在頭上，有各種顏色的流光像霓虹一樣的在流動。就在這個時候，媽祖沿著七彩流光從神桌上走了下來，她撫摸佳玲，親她的額頭，擁抱著她取暖，並流下了一串眼淚，後來佳玲便把其中的一顆保存起來，並開始知道，其實媽祖從來沒有離開過她。

矇矓矓地，就在這時，佳玲看到媽祖又走了過來，媽祖伸出手掌，微笑著。佳玲知道，媽祖要她把前兩顆黑色眼淚放走，這樣她才能解脫出來，於是佳玲把手掌伸出來，兩顆黑色的眼淚就蒸發了……

「林小姐，」這時醫生走進來，佳玲於是回過神來，「妳媽媽病情很穩定，我們建議她出院，這樣她的精神狀態會恢復的比較好。」

「謝謝。」佳玲說。

「對了，回家後家屬要多跟她說話，這樣她的神智會恢復的比較快。」

佳玲送走醫生，看著還在沉睡的母親，突然，她發現，原來剩下的那兩顆紅色眼淚，還在她的心裡面。

佳玲慢慢伸出手，摸著母親滿是皺紋的額頭，那皺紋像年輪一樣，一圈一圈的佈滿她整個臉龐，像網子一樣，網住她一輩子的幸福。此時，母親慢慢睜開眼睛，那眼神，好像在端詳一個她認得，但已經忘了的人。

「媽，」佳玲枕起母親，「我們……回家吧。」

佳玲發現，她也不需要那兩顆紅色的眼淚了，她應該掌握更真實的東西。

每天清晨，天空才微微露出一點曙光，佳玲便不自主的起床，然後走到媽祖宮，她告訴媽祖，她把所有藏在心底的眼淚都放走了，包括黑色的，紅色的，所以她就找回遺失的東西，也知道答案了。佳玲這時也終於知道，原來這些年，媽祖都一直看著她，陪著她，在心裡跟她說話，所以她並不孤獨。佳玲也知道了，原來媽祖婆三百多年來，都不曾害怕，也不曾孤單。

一 大日之光

我又收到小玉寄來的電子郵件，信中附了一張她跟一個小女孩的合照，看著她們的臉龐緊緊貼在一起，兩隻手指比成「V」字形，露出如陽光一般燦爛而又蕩漾的笑容，我也不禁被那無邪的歡愉所感染，而會心的笑了起來。

捧著列印出來的信件和照片，走到窗前，望著西半球的月亮，我才驚覺時間過得真快，再過一年，應該就可以完成心理輔導博士論文，回家與大家團圓了。

記得剛入學時，美籍教授問我故鄉在哪裡？我說就在台灣的中部，那裡有一座全亞洲新生山脈中最高的山峰，同時那也是我們同胞堅強和毅力的精神所在。

「Great！」教授發出讚嘆道，並表示有生之年，一定要去看看這座令人驕傲的山峰。接著教授又問我為什麼要念心理輔導？我說，因為我就是輔導老師的女兒。

「Wonderful！」教授驚喜的說，並問我有沒有比較深刻的輔導案例？雖然我經手過的案例都令我印象深刻，有的到現在都還保持聯繫，但我最可以感到欣慰的，應該還是小玉的轉變。

小玉是我同班同學兼室友，雖然長得十分清秀，但卻有點單薄，同時個性也有些孤僻，讓人感覺很像畫中憂鬱獨坐的少女，或晨霧中模糊的孤花，有些距離，有些看不清楚。

後來我發現小玉的心一直無法安靜下來，因為她總說有個人臉一直毫無忌憚的瞪著她，不管人多或人少的時候，不管她睜開或閉著眼睛的時候，它用一種憎恨的、侵犯的兇惡眼神瞪著她，總之它就是這樣形影不離的跟著她。

尤其當小玉精神耗虛或身體違和的時候，人臉就化成龐大的重量趁她陷入昏睡時，壓在她身上，使她喘不過氣來，也叫不出聲音。甚至，大白天的，它也讓小玉突然失了魂魄，頓時腦中一片空白，因此小玉常一不小心就踉蹌失足發生意外。

我告訴小玉，她精神耗弱，而且身體也虛羸，所以心神不容易集中，也容易昏眩，加上心理作祟，就會產生幻覺或幻影。其實，精神科醫生也支持我的說法，他建議小玉應該長期接受精神治療。

「不是，」小玉卻固執的說，「因為這個人臉已經真實的加害過我，使我家破人亡了，很多人都當我有精神病症，但絕對不是！」

這個人臉怎麼加害她？每當說到這個問題，小玉就開始變得恍惚，不但無法言語，還全身戰慄，有時還悲泣的無法控制，好像傳說的中邪那樣。

因為受到母親的影響，以及對成為一位心理輔導師的自我期許，我非常願意協助小玉走出來，假日回家時，我將這件事告訴母親，母親同我一樣，希望能幫助她，而且母親想要幫助她的企圖比我還強烈，我知道，母親的輔導案例雖然不見得每件成功，但她從未放棄哪個學生。

就這樣，那年夏天，原本就到過我家幾次的小玉在母親的邀請下，來到我們南投的老家住了一個暑假。那是一個很美好的暑假，應該說，我們家從小每年就都會有一個很美好的暑假。

因為每年暑假，我們都會回南投中興新村的老家，那是一片非常綠意盎然、遠離塵囂的人間仙境，老家是舊式的公家宿舍，前面有一片庭園綠地，每戶人家都種了很多盆栽，養了很多蘭花，有點古老的宿舍看起來因而更增添幾分樸雅。

而且社區裡，到處都是高大的樹木，太陽尚未完全昇起時，成群聒噪的麻雀就會在五彩的晨曦潑墨畫裡，自動將你喚醒，牠們像轟炸機一樣凌亂的飛來飛去，那種吵鬧，真叫人懷疑，牠們到底是有幾千幾萬隻成員的轟炸部隊？

日出後，繼續出來吵鬧的則是蟬，每株樹上都聚集了上百隻蟬，利用牠們的翅膀共振，呼應天地的震動，那麼整片森林的蟬，又將如何顛覆這個世界呢？牠們就這樣，亢奮的整日鳴叫直到太陽下山。

太陽下山後，接手出來表演的是青蛙、蚯蚓跟各式各樣的蟲，這支夜總會的樂團，在星光的輝映、夜風的送情與晚露的滋潤下，大膽的表演求愛的歌曲，他們整夜狂歡，直到精疲力竭，成雙成對的昏睡過去。

在這樣充滿自然與諧和的環境裡，神經質的小玉慢慢排除了對陌生的恐懼，和我們全家人漸漸的更加熟稔起來。

尤其奶奶是一位虔誠的佛教徒，在那個戰亂的年代，他和爺爺一起出國拿到學位後，就又被延攬回國擔任高級公務員，所以他們幾乎一輩子都在南投這個山城裡度過。

但是爺爺去世已經有十幾年了，奶奶從此就心無旁騖的念佛，每天清晨唸完經後，她就拿著掃把默默的從街頭一直掃到街尾。據母親說，奶奶年輕時是一位熱心過度的政府機關主管，相較於一輩子安安定定，與世無爭的爺爺而言，她顯得太活潑了。

但是現在，我根本看不出奶奶的能幹，她話很少，總是習慣性的露出溫煦的笑容，那種自然流露的笑容會很深刻的讓人感覺到，除非是發自內心的平靜與滿足，否則是無法有這樣的喜樂。

有一次天空下著細雨，奶奶還是穿著雨衣外出打掃，小玉於是很好奇的問奶奶，為什麼她要每天從街頭掃到街尾，連風雨也不間斷？奶奶愣了一下才說，她並沒有特別記得她有每天做掃地這件事。

「我掃地的時候，心裡都想著，現在是把內心裡堆積的污垢和不純淨的想法，都一一掃除出去，所以我一直都認為我是在清掃我的心房。」

我和母親事前便將小玉的事告訴奶奶，希望奶奶也能幫助小玉解開她的桎梏。奶奶卻告訴我們，妳無法進入她的世界，除非她自動將心將給妳。

奶奶的話讓我恍然頓悟，雖然我跟小玉是親密的同學和室友，我也是出於誠懇的善意想要幫助她，但以前我太急躁了，太急著要探知她內心的秘密，太急著要為她開藥解病，所以她反而縮回去了！

「讓一切都自自然然的吧。」奶奶說，我和母親都同意她的話。

所以，整個暑假，母親就開著車載著我們三個人，一起遊遍這個綠色的山城，也作為明年我出國後，再也無法如此暢遊南投的紀念。

我們在碧山岩遠眺鬼斧神工的九九峰，穿越綠色隧道進入另一個世外桃源，在鹿谷茗茶洗滌身心的積垢，在溪頭讓靈魂脫離身體接受樹木靈氣的沐浴，埔里的古樸讓我們脫去一身俗豔，日月潭的綠波水紋讓我們大腦頻率變得規律而又悠揚……

那天，我們又在中興新村前那一大片綠色的草地上看著眾人玩耍，親子們一起放風箏，玩滑板車，執飛盤，追皮球，吹泡泡……，情人們一起漫步或嬉戲，頓時整個世界都五彩繽紛了起來。

突然，一粒足球掉在我們前面。

「Thank you ball，謝謝！」一群年輕男女跟我們喊，他們應該是一起來這裡玩的。

母親起身用力一踢，把球踢回去，誰知球既然飛過頭了。那群年輕男女全嘩叫了起來，有的還拍手鬼叫，母親得意的跟他們揮手答謝。

「我媽一直跟中學生處在一起，所以永遠老不了！」我對小玉說，小玉淺淺的笑了。

我發現，這些日子以來，小玉原本緊繃的神經，已經放鬆不少了，晚上他也會問奶奶一些人生經驗的道理，尤其是死亡和鬼魂的問題。這讓我和母親非常擔心，但奶奶卻認為這是一個好的開始。

「為什麼有鬼魂？」小玉問。

「因為他們心中有掛礙和怨恨。」

「如何避開那些鬼魂？」小玉鍥而不捨的問。

「排除妳心中的掛礙和怨恨。」

「怎麼排除心中的掛礙和怨恨？」小玉疑惑了。

「把心打開，陽光就會照射進來，人走出去，路就寬廣起來。」

其實，雖然我們似懂非懂，但就某些心理輔導的層面，我們能領悟奶奶話中的意思。

「一起來玩吧！」那群年輕男女對著我們喊，母親開懷的笑了，然後轉過頭來徵詢我們的意思，只見小玉還是低著頭。

「去吧！」奶奶鼓勵我們。

我跳了起來，拍拍牛仔褲上的草屑和泥土，望著小玉。

小玉有些猶豫，她轉過頭來看看奶奶、母親和我。母親於是向她招手，小玉終於站了起來。

那天真是一個愉快的相逢，老實講，對於像我這樣一隻書蟲，能夠無拘無束的與一群同齡年輕人踢一場球，感覺很是舒暢，雖然我們踢的很爛，而且跟他們比起來，我們的力量只好似是吃過菠菜的大力水手跟奧莉薇。

踢完球後，一位男同學跟我要了名字和學校宿舍的電話號碼，「回台北再聯絡了，Bye！」那群年輕人終於揹起背包要往中橫方向前進，然後他們又吵鬧的跟我們揮手道別。

其實，我和小玉很羨慕他們，他們樂觀開朗，勇於冒險，在旅行的途中，不斷結交新的朋友，增長新的見識。當旅途中遇到困難時，他們又一起突破困境，使彼此的感情更為凝聚。

晚上回家後，我發現小玉有點異狀，用完晚餐梳洗過後，便說身體不適獨自回房休息了。但奶奶卻說，這些日子以來，小玉的心靈做了很大的調整，也見到那些快樂的人們是如何生活，所以他現在正在掙扎，掙扎是否要突破自己的心防，讓自己走出來。

「她現在最需要我們的支持，但我們千萬不要插手，只要我們有足夠的耐心和愛心，她自己就會說出來，走出來。」奶奶說。

我和母親都非常佩服奶奶，她是那麼寧靜，可是又沒有任何線索逃過她的眼睛，她不是心理醫生，不跟人懇談，也不探詢別人心中的秘密，也不教別人該怎麼做，她只是做你的好朋友，讓你慢慢的，自願的把心交給她。

我想起白天那群年輕人，突然我發現，山川的美不全在它的錦繡壯麗，也不全在它的巧奪天工，而是美在它有生命，它孕育萬物，孕育人文。所以，此時，我也有一種想要同他們一樣飛出去的衝動，走出小小的書房，不再案牘勞形，到世界各地體驗生命的躍動！

就在我們的話題即將結束時，小玉房裡突然傳來尖叫聲，我們趕緊進到小玉房裡，只見小玉已經坐在床上，雙手抱緊胸前，臉龐失去血色，渾身戰慄，喉嚨也被氣噎住而發不出聲音。

母親趕緊過去擁著她，小玉就像受到極度驚嚇的小鹿一樣，不停的打哆嗦，嘴角喃喃的囁嚅著。

過了好久，小玉終於慢慢恢復正常，也哭出聲音，母親於是把她擁進懷裡，讓她好好的宣洩積壓在心中許久，幾乎已經變成化石的心事。

「不，不……，不要，……！」小玉邊啜泣邊斷斷續續的說出埋藏在心底的秘密。

原來小玉的父親是一位小生意人，家裡樓下開著一個店面，全家人都住在二樓。父親交友廣闊但酒品不好，朋友來來往往就把這裡當成聯誼站，每次朋友來喝了酒，不是大聲喧嘩就是和鄰居發生衝突，連警察處理的也都煩了。

那天晚上，父親又和一群朋友喝到一兩點才關上店門上樓，上樓後他大聲叫著母親的名字，佯裝睡覺的母親怕他吵醒鄰居，不得不起床打理，但父親卻已經習慣毫無理由的對她拳打腳踢，母親犀利、悽慘的叫聲，在原本寧靜的夜裡更格外顯得令人戰慄。

這時弟弟和小玉都驚醒了過來，於是便起身一起護著母親，父親這時像受到挑釁的野獸一樣，毫無理性的對他們發動攻擊，母親和小玉甚至被父親撕破衣服，遭到毫無尊嚴的違倫侵害……

但小弟這次非常憤怒，他再也無法忍受自己親眼看著母親與姊姊這樣被人——自己的父親，永無休止的凌辱！此時，父親正在暴力的侵犯姊姊，母親則死命的拉扯著父親，她們一直掙脫，卻在身上和心裡留下一條又一條淌血、劇痛的傷痕！

看到這個彷彿人間煉獄的情景，弟弟全身像著了火一樣，跑入廚房拿了一把菜刀衝出來，狂叫一聲衝上前去撞開父親，並且狠狠的瞪著他。

「砍我呀！砍我呀！死囝仔！」羞憤的父親向弟弟撲去，兩人扭在一起，弟弟咬著牙，顫抖著……

弟弟並不想要傷害父親，只是憤怒的虛張聲勢，但爭鬥中，菜刀卻深深割過弟弟的頸動脈，弟弟最後躺在血泊中，他一直伸手抓著母親和小玉的手，但在救護車還沒到達之前就斷氣了，一雙眼睛卻一直沒有閉去。

從此弟弟被關在那個小小黑黑的空間裡，再也無法見到天日，因為靈骨塔的抽屜囚禁住弟弟的靈魂。

「造孽喔！」小玉後來聽見鄰居議論紛紛的說，「一個酒鬼，一個要宰老爸，後生要宰老爸，會落地獄，永遠沒法度超生喔！」

小玉虛脫了，失了魂魄了，為什麼？為什麼弟弟為了救她和母親喪失了生命，結果卻下了地獄？

但是後來小玉果然常常夢到弟弟被囚禁在地獄裡受刑，弟弟向她哀嚎求救，可是小玉不但愛莫能助，甚至連自己也一吋一吋地往下陷……

從那時候開始，小玉便變得恍惚，後來，她終於發現，原來這一切都是有一個惡靈——那個人臉的惡魔在加害他們全家！

「奶奶，我不要弟弟在地獄裡面，應該下地獄的是那個魔鬼！」小玉歇斯底里的叫著。

剎那間，我完全明白了！原來小玉經常幻想看到的那個人臉，就是她悲慘、無助、憤怒、恐懼、受害、傷痛經驗的化身，但因為道德制約了她的思想，所以心中那股怨怒與執迷之氣，就逼得她將它轉換成另一個魔鬼，並且讓自己不斷地被那個魔鬼侵害！

小玉將禁錮她心靈的秘密都說出來了，這代表她已經願意將心中那塊結成化石的障礙擊碎，但我們知道，我們還要將那些障礙全部清除，小玉才有辦法走出來。

「幫助妳弟弟從地獄脫離出來吧！」隔日小玉較為平靜後，奶奶對小玉說。

「我該怎麼做呢？」小玉虛弱卻又急切的問。

「如果妳的心裡面有陽光，陰晦的魔鬼就會消散，如果妳能走進世界救贖苦難的人，便也能救贖妳的弟弟。」奶奶說。

奶奶說完話後，便獨自轉身進入佛堂念經，在木魚鐘磬聲中，我第一次感覺到，當一個人如此虔誠為你念經的時候，你的感動會是如此充滿，你的力量會是如此高漲！

接著，母親和我便與小玉展開懇談，我們知道，雖然奶奶是以宗教的立場來開導小玉，但其實重點是在打開小玉封閉的心理，並且誘導她走進人群，讓她從公益的價值裡重新建立自己的人生觀，在付出與服務裡獲得喜樂與回饋，這樣，她才能展開新的生活。

小玉經過這段在山城調養的日子，身心已經有很大的長進，而且就在昨夜她突破自我的心防，說出所有的秘密後，我們對她的勸導已經開始產生效用。小玉以前只是被自己所蒙蔽，如今她願意面對自己，就是最好的藥方了，而且她本身就是學心理輔導的學生，箇中道理她也應該相當瞭然。

快樂無慮的日子總是過得特別快，一轉眼暑假就過了，告別美麗的山城返回台北後，小玉在家暴中心擔任臨時義工，一邊接受醫師的藥物治療，一邊接受老師的心理輔導，也幫忙中心處理一些庶務，小玉恢復的速度讓醫生和老師非常滿意，同時她的能力也受到大家很大的肯定。

一年後我們都畢業了，我飛往美國繼續求學，小玉繼續在中心工作，後來她就一直從事輔導受虐兒童的工作，直到現在。

有一次她寫信了一封電子郵件給我，說她夢見弟弟已經從地獄裡被釋放出來了，因為弟弟感受到小玉已經沒有怨恨，而且開始奉獻自己，接納別人，所以他也學著排除自己的怨恨。後來有一天，一道陽光射進來照在弟弟身上，弟弟就獲得救贖了。

「我看到弟弟流下眼淚，他終於知道，原來囚禁他的手銬、腳鐐，煎熬他的烈火、岩漿，壓迫他的巨石、痛苦，原來不是別的，而是他自己的怨戾！我知道這樣有點迷信，但我還是很高興弟弟已經獲得解脫了，雖然從此我就很少再夢到弟弟了！」小玉在信上說，當然，那個憎恨的人臉，再也沒出現過了。

望著夜空，我才詫異的發現，原來這都是三、四年前的事了，彷彿昨日我才在母親和小玉的陪伴下在機場告別台灣，那時我的心裡對茫茫未知的將來其實充滿了恐懼。

「去吧，去看看世界！」母親抱著流淚不止的我說。

然後小玉也過來抱住我道別。

「把心打開，陽光就會照射進來，人走出去，路就會寬廣起來。」小玉說，原來她把奶奶所說的每句話都牢牢的記起來了。

飛機起飛了，很快的就鑽進藍天白雲裡，在天空中一道陽光從飛機窗口射進來，我突然覺得一切都亮了起來。

一度僧

一、苦集

法圓寺師父今天帶了兩隻幼狼回來，造成寺內一陣騷動，連鎮坐百年的佛祖也從入定中給驚了醒。幾個眼尖的小和尚見師父牽著兩匹幼狼從山腰台階一步一步蹬上來時，立刻大聲相互奔告，待師父一進寺門，大小和尚們全都呼嘯簇擁上來，一群人或逗著毛絨絨小狗一般的幼狼玩耍，或品頭論足議論紛紛，兩隻幼狼一會兒互相撲鬥啃噬，一會兒從小和尚手中掙脫出來，繞著眾人轉圈子，完全不認生，不懼人。

「法慧呢?」師父問道。

「喔，他說他在思索，您瞧，連師父拾回兩匹幼狼回來，他都不來瞧瞧!」法修說。

「執啊!」師父嘆聲道，「差人去把法慧叫來吧。」

不一會兒，眼前來了一個五官端正，身形威儀的和尚，來人正是法慧。

「你瞧，師父拾回兩匹幼狼來了，你覺得應如何處置?」師父故意問法慧道。

「是啊，我見著幼狼了，真可愛吶，幼狼應任憑師父處置!」法慧說，露出對幼狼的喜愛神色。

「我問你意見吶!法慧啊，枉你焚膏繼晷讀經苦思，怎到頭來卻沒個主意呢?」師父說。

法慧羞紅了臉，「將牠們養在後山牢籠裡，待長大後，放他們歸回山林吧!」

法慧臨機一動，想到一個法子來。

「那由誰照料呢？」師父又問。

「由當天勤務和尚照料啊！」法慧說。

「為師以為不妥，」師父卻不贊同，「法慧，你以為狼有佛性嗎？」

「佛說梵網經時說，眾生皆有佛性，師父。」法慧很快的答應師父的問題。

「你確信？狼可不再食肉糜嗎？」師父卻質疑的問法慧。

「……」法慧因為師父的質疑也遲疑起來。

師父見法慧心生遲疑，不禁嘆息道：「枉然，枉然，法慧啊，你還是沒有堅信我佛的訓誨，心中還是沒有丟棄形相的障礙啊！」

法慧現在有點明白了，師父是要他照料兩匹幼狼，法慧原本的善根剎時因念而現。

「師父，」法慧於是說，「就由我照料牠們吧，看哪日是否能啟發牠們的天心佛性？」

師父點頭微笑，法慧終於懂得他的意思，便不再多說，一切道理，由法慧自行體受心悟吧。

「狼啊，狼啊，」法慧蹲下身來召喚幼狼，幼狼果然一前一後跑了過來。

「一切有為法，如露亦如電，唯有斷疑生信，絕相超宗，才能頓忘人法解真空。所以，你們一個叫露兒，一個叫宗兒吧！忘了你們是狼，我是人，我們一起追尋妙空真有的寧靜諧和吧！」

「好，好，去吧。」師父轉身離去，只見露兒和宗兒蹦蹦跳跳，狀極可愛。

其實，法慧曾經有過一個未婚妻子，當初佟員外與夫人見法慧早慧，又相貌端正，便嘗試送法慧到私塾唸書，刺探他的資質。而法慧果然聰穎過人，不負眾望，十五歲便中了秀才還名列前茅，一年後佟員外便以楊舉人得意門生的名義準備將法慧招贅進來，與唯一的掌上明珠小佟結成鸞鳳。

法慧雖未見過未婚妻子，但因在佟家擔任長工，偶而仍會不在意的瞥見伊人倩影，只感覺佟小姐蕙質蘭心，含羞帶怯，面如皎月好像出水芙蓉一般，潔淨晶瑩，凝脂玉露；蓮步輕移時，搖曳生姿，曼妙輕盈。佟小姐今年二八年華，正是含苞待放之齡，有著窈窕淑女之姿，百合幽蘭之香，正是謙謙君子心所牽繫的百年好逑！

但就在舉家歡慶正在為一對璧人辦理婚事時，這位未曾謀面的未婚妻子，竟然因為急症突然香消玉殞，魂歸離恨！消息傳來，法慧晴天霹靂，失了魂魄，思起昔日為睹伊人身影，約定婚事後，一夜偷偷躲在後花園中鬼鬼祟祟，只敢遠觀遐想，不敢近觀冒犯，那時佟小姐正拿著繡花圓扇撲抓飛蝶，月光朦朧，流金粼粼，蝶與伊人雙飛雙映，不知是伊人在追弄蝴蝶，還是蝴蝶在逗戲伊人，最後也分不清蝶是伊人，或伊人是蝶了。

就在法慧看的入神時，佟小姐追蝶靠近了來，突然發現叢裡有人窺視，不由得花容失色，趕緊用扇子遮住臉龐，但就在剎那間，他們彼此看了對方一眼，然後佟小姐連忙進屋，法慧則連滾帶爬狼狽而逃。

法慧在生死兩隔，天人永別的痛楚中隱然感悟人生的無常，雖然與佟小姐只有驚鴻一瞥，但那彷彿曾經經歷多生多世的記憶，卻無法言喻的湧現出來，法慧終於知道，是該解脫的時候了，所以娶了佟小姐的靈位，然後出家去了。

進入法圓寺後，起初心境未淨，在師父教導坐禪時，法慧總會看到小佟栩栩如生，卻又無法看清五官身形的幻影在身旁流連；又常看到佟家二老託人到處找尋法慧，要他還俗歸家，但中國偌大，遍尋不著，兩位老人家憤懼交加，這股憤懼之氣，日鬱月積，終於結成一股執迷之氣，堅實無法散去！

一日坐禪，在半定未定之時，法慧忽然看見小佟穿著白紗白裳，在滿天五光琉璃紛飛漫舞下，如當初撲蝶一樣，飄然而來，小佟忽而在左，忽而在右，臉龐卻總是看不清楚；小佟忽而嬌嗔，忽而嘻笑，卻總是聽不清楚她的聲音……。只聽見小佟好似在唱著：

妾聽君歌倚君側
紅粉香腮輕輕和
執子之手盼偕老
天上地下共琴瑟

只是啊

春去冬來無冷暖
人間還留一點秋

就在此時，地上既裂出一個山谷要將小佟吞噬，她軟弱無力的伸出小手驚叫著：「夫君，救我……」

驚慌中，小佟梨花帶淚，完全孤立無援，好似雨夜殘花，一步步墜入吞噬她的黑谷裡頭……「小佟……」法慧瘋狂大叫，從禪定中驚醒掙脫過來，往事歷歷，活生活現，愛妻小佟又在意識中出現，法慧終於不支趴在地上號啕大哭起來！

師父過了來，按著法慧的肩膀說：「人生有如夢幻泡影，你當了然！如今所見，皆為心魔所起，你殘情未了，不論見到任何景象，皆為虛幻！人生無老死，亦無老死盡，明白這道理，才能遠離一切顛倒夢想，能斷一切苦厄！」

說完，師父大喝一聲「醒吧！」，便以禪棒痛擊在法慧身上。法慧突然或有所悟，不禁作了一首偈：

沈浮無明情癡癲
鏡花水月因與緣
了然紅塵若華夢

被關在牢籠裡的露兒和宗兒兩匹幼狼起初不肯進食菜飯，但久而久之，也就認命了只有飯菜的日子，時光荏苒，一年也過了，露兒和宗兒也如同人的青少年一樣，半大不小了。

法慧每日送飯菜過來，順便為牠們念一兩段經文咒語，也如同對人一樣的跟牠們講話佈道，因為這樣長久相處，彼此也生出情誼，露兒和宗兒每每見法慧過來，便會起身凝視，待法慧靠近時就蹦蹦跳跳的歡迎他。把狼關在籠子裡茹素聽經，就跟把犯人關在籠子裡茹素聽經一樣，難道就能觀照出天心佛性嗎？人都不一定有效了，何況是狼？能確定的只有，狼與法慧因為自幼相處，所以確實有著一股感情。

後來，法慧領悟了，狼既然能因與他相處而產生感情，可見亦有靈性，有靈之物，自當亦有佛性！因為與狼建立了情感，法慧終於領悟了萬物皆有佛性的道理。

但法慧益發覺得，將幼狼囚禁起來似乎是不對的，法慧於是請教師父，當年曾說，待狼長大，有自生能力時，便要將其放回山林，如今狼已半大不小，是否要將其放生了？

師父倒也沒有意見，但說：「狼來自山林，終將回歸山林，有如人來自塵土，終將回歸塵土。但你當年曾說，要一起與狼共修共持，共證菩提，不知是否記得？」

「記得！」法慧說，「但弟子覺得，修行法門八萬四千，狼若屬於山林，則於山林修行，或許更能感通！」
「善哉！」師父說，「你說的倒也沒錯，不過凡事皆為因果，你與狼自有一段因緣！這樣吧，今日你送飯給狼時，與狼說法持咒，就與平日無異，然後在狼邊安靜坐禪，師父以『宿命通』加持於你，助你了然一切因緣！」
「弟子知道，謝謝師父！」
到了囚禁狼的牢籠，露兒與宗兒與往日一樣，起立蹦蹦跳跳，歡喜異常。待狼食閉，法慧開始閉目正坐，吐納數息，摒除意識思想，慢慢從寧靜進入超脫……
法慧感應到，那是一個烽火亂世，胡人攻陷家園後，他倉皇逃難後方，因為身無分文，流落街頭，貧病交加，只剩一息尚存，但同為逃難的露兒和宗兒因為天生賊性，反倒拐詐矇騙在亂世容易存活。
後來露兒、宗兒見法慧快要斷氣，順手丟了半個乾癟的饅頭給他，將他從死神手中救了回來，法慧萬分感激，又同是天涯淪落人，所以很快一起結伴流落街頭，但亂世裡，法慧反倒多受露兒和宗兒的照顧而保命。
後來為了前途，三人相約一起從軍，因為法慧曾讀過詩書，識得字，又撓勇善戰，很快升得小隊長，露兒和宗兒反過來以法慧年長為由，以大哥相稱，跟隨左右，圖個安定溫飽。
但露兒和宗兒拐詐矇騙的混混本性不改，經常盜賣軍品，被法慧稽核查獲多次，雖兩人都一再表示懺悔，卻又一再故態復發，最後在上級例行稽核之前，法慧趕緊將二人驅出軍旅，以免二人被軍法定罪，自己則承擔了防護不周，軍品遭竊的懲罰。

幾年後，法慧因為戰功升任邊疆駐軍中隊長，露兒、宗兒知道法慧心軟不會計較前嫌，又相偕前來投靠，兄弟相見，分外欣喜，雖法慧深知兩人素行不良，但念及昔日曾有救命之恩，又有街頭相依之情，還是收容了他們。

露兒、宗兒雖有悔過之心，但自制之力極差，兩人如同以前一樣，一邊表示懺悔，卻又一邊屢屢犯錯，後來兩人又違反軍紀偷偷至民間賭博欠下鉅款，最後，兩人走投無路，偷了營中要發放的大筆軍餉逃兵，打算一走了之。但邊疆路險難行，兩人最後遭追捕回來，經督察查明實情，依軍中紀律，敵前逃兵、偷竊軍餉都斬立決，無一活命。

而法慧亦自責不已，兄弟一場倏乎多年，兩人跟在身旁卻沒有絲毫受到感化，雖非親生兄弟，但卻有救命之恩，而今令下刀落，兩位兄弟生命卻要結束在自己手上！法慧悲痛欲絕對他們說：「安心去吧，今世不度，來世度，來世不度，世世度！」

於是令下刀落，黃沙，被染成一片血花。

後來，法慧雖禦敵有功，屢被拔擢，但終感一將功成萬骨枯，人間煉獄，殺戮戰場，所為何來？法慧又想其征戰多年，死傷無數，雖是為國而戰，但往者已矣，他願為這些亡者度化，便斷然辭官，長年在家潛修佛道，臨終前發願，來世行腳各地，荒山野郊不辭辛勞，以普度來自各地的死亡戰士，後乘願再來，轉世為僧，繼續度化眾生。

露兒、宗兒不行正道，心性不堅，遇惑迷亂，但不曾危害生靈，感應轉世，三世為狼，今已三世。

時光荏苒，又已兩年，露兒和宗兒都已是成狼了，但因長年茹素聽經，性情終於變的相當溫馴穩定，外表完全沒有狼險惡的特質，法圓寺內有兩匹度化的狼的聲名，也更為遠播。

今日師父又將法慧、法修兩位徒弟喚來，出了一道題目，準備再度測試二人心性進展如何。

「法慧、法修，露兒與宗兒來寺中已經兩年有餘，個性溫馴，見人欣喜，外面都宣稱咱法圓寺度化了兩匹狼，不知兩位看法如何？」

「一切變化，悉自具足，」法慧說，「露兒和宗兒雖與我有宿世情緣，但今已具備靈性，到了一個段落，自然該自我度化了！」

「但我有不祥預感，」法修說，「正因露兒和宗兒不似一般野狼不具靈性，所以如果其獸性再發，其危害更甚於一般野狼！」

「依你之見……」法慧問法修。

「唉，露兒和宗兒雖有靈性，但尚未具足，下品下生仍猶不及，縱使終身戒律，亦不過分，倘能攝根制心，戒定發慧，可能還更有利來世為人的修行呢！」法修說。

「其實法修所言確實甚是！」法慧有些為難，「但所謂『自性自度』，要選擇什麼樣的方式修行，似乎宜由露兒和宗兒自行決定，而非我們決定才是。」

「但露兒和宗兒若獸性再發，其危害遠甚於一般野狼，對眾生恐有妨礙！」法修說。

好一會兒，法慧終於想通了便向師父說道：「一切有情皆有本覺，皆求其圓覺，今徒弟願依露兒和宗兒的意願決定其修行的方法，若一切安然，願盡此一報身，同生極樂國，若有差池，則將來二人所有妨礙眾生一切罪虐，皆由弟子擔下！」

「善哉！」師父聞言不禁說道，「法慧，你能以此身上報四重恩，下濟三途苦，已生具菩薩慈悲德行，可惜法慧你善根有餘，慧根卻尚未具足，當記住今日誓言，不可放棄，如能歷經此劫，圓滿功德，慧根就將具足了！兩位都下去吧！」

山中無歲月，流轉日月常，法圓寺與往日一樣，傳出陣陣念佛誦經的聲音，露兒和宗兒離開半年後，一切好似還平靜，沒有特別的異樣，但今日卻傳出了駭人聽聞的消息。

「出事了！出事了！村民們成群上山理論來了！」

原來，近月來，山下村民的雞房豬舍，屢遭野獸入侵，損失不貲，人們晚上都門戶緊鎖，唯恐遭到野獸襲擊，真是人心惶惶。但今日傍晚時分，大夥在街上，明白看到法圓寺那兩匹宣稱被度化的狼，竟嘴帶毛血，在街上亂竄，一切真相大白，分明這些日子所受的侵害，就是這兩匹畜生所為！眾人氣憤不過，大膽畜生街道招搖，簡直不把人放在眼裡！於是群情激憤，一行人沿著大街追著兩匹惡狼廝殺而來。

一夜折騰，人狼大戰，法圓山下的民村，一時滾湯沸騰，還零星的傳著火警，入夜後，兩匹狼躲的無影無蹤，村民卻憤很難消，雖已筋疲力竭，狼狽不堪，卻成群結隊浩浩蕩蕩朝法圓寺而來，要師父們給個交代。

眾大小和尚聞言，都到寺前廣場前觀看，果然見遠處山路上火把通明，連成一線，朝著法圓寺疾速而來。廣場外鬧哄哄的，堂內只有師父、法慧、法修三人仍端坐如儀不發一語。待師父唸誦到一個段落，便叫法修去把眾人喚到堂前。

「怎個小小風吹草動，即如此大驚小怪？參到那裡去了？悟到那裡去了？還不各就崗位去！」師父訓道。

眾人聽師父訓道，便一哄而散，各自歸位，一切如儀。一會兒村民全聚上了廣場，廣場一時燭火通明，人聲鼎沸，一股沖沖怒氣，好像衝上了雲霄。但大家見寺內一切寧靜，只有師父、法慧、法修三人端坐佛堂念誦，而佛祖雕像正在他們前面迎著眾人，半開半閉著雙眼凝視著怒氣沖沖的村民，一股德相莊嚴之氣，惹的眾人一時也不敢造次。眾人小聲的討論了一會兒後，決定推派村長跟寺方接洽。

「師父，佛門淨地，我等也不敢造次，就直話直說了吧，貴寺兩匹狼近月來，在夜裡踐踏莊稼，襲擊禽畜，今日又在村裡搞的天翻地覆，雖僥倖沒有鬧出人命，但日後那得安寧？」村長說。

「甚是，甚是，老衲保證，即刻全力緝狼，並發動全寺修眾立即下山，協助各位恢復家園！」

村長頗為無奈，但既成事實也無可奈何，只得等待師父召集修眾集合完畢，隨村民下山，一起整理家園。法慧此時突然向師父跪下懺悔道：

「師父，一切因緣皆我而起，一切罪孽皆由我擔。今日法慧決心下山擒狼，露兒、宗兒一日不擒，法慧便一日不回法圓寺，望師父諒解成全！但法慧自知擒狼非一日可成，故法慧在此拜別師父，望師父保重！」說完，不由淚如雨下，充滿不捨之情。

「欸，」師父扶起法慧，「狼本非一日一世即可度化，奈何你們宿世情緣，你修行又已至瓶頸，需要逢劫歷難方能真澈體悟，證得正果，故一切都已冥冥注定。如今此去緝狼，要擒要度，全在你心，或許數載，或許數世，都必誓在功德圓滿，不可放棄，知否？」

法慧不禁又跪了下來，向師父行五體投地之禮，連續三次，然後起身未帶一缽一鞋，一衣一物，便緩緩轉身踏出寺門。

「法慧縱狼，法慧有罪，今後當更自勵精進，廣度眾生以為贖罪，祈望眾人原諒！」法慧向眾村人賠罪，然後在寺外向寺內的佛祖頂禮膜拜，接著三步一跪，五步一拜，在眾村民與師兄弟注視下慢慢離開了法圓寺。

法圓山剎時鐘聲大鳴，盪氣迴腸，我佛慈悲，捨身成法，哀愍眾生者，我等今敬禮……

法慧離開法圓寺後，憑著禪定神通基礎的感應力，一邊追尋露兒和宗兒的行蹤，一邊與人說法，倏乎已經五年，也與人說法無數，聲名遠播。

一夜法慧落腳山間破廟，閉目趺坐，續而頓悟，露兒和宗兒已具靈性，再加上動物敏銳的天性，必然可感應我的行蹤而逃，如此怎可找到兩匹狼？　於是法慧便託信徒協助，事先在東山佈下天羅地網，然後起身前往露兒和宗兒藏身的西山，露兒和宗兒感應法慧來了，掉頭便轉往東山跑去，於是一步步奔向已經設好的陷阱。

但法慧故意在一個叉路的兩頭各設下一個陷阱，一個陷阱前面有本薰過檀香的金剛經，另一個陷阱前面則放了美味的食物。結果露兒、宗兒雙雙逃到叉路時，見到一條路上有薰香的金剛經，便慢慢靠近，悲傷凝視。

埋伏的人見狼已踏入陷阱之中，於是將網一罩，露兒和宗兒躲避不及，陷入網裡，於是眾人浩浩蕩蕩地將狼抬往法慧落腳之處，並將狼選擇金剛經，與被困時並未企圖傷人逃逸的經過，向法慧詳細描述，法慧聽完深深向眾人謝過。

眾人退出後，法慧走近露兒和宗兒，兩人發出嗚嗚悲鳴之聲，凝望著法慧，好似對法慧有無限思念，同時也有無限的懺悔和歉意，當然更希望法慧能放他們一條生路，但法慧也不多說，當下結跏坐趺，念起金剛經。

法慧想到師父要他度狼，除了宿世姻緣外，一切也都起於這句「我皆令入無餘涅槃而滅度之」啊！

露兒、宗兒聽著法慧唸誦金剛經，一時安靜了下來，唸完金剛經，法慧走到露兒和宗兒前面說：

「露兒、宗兒，這五年你們沒再犯錯，並非已經痛改前非，而是知我在追尋你們，所以心有慎戒；後來選擇金剛經表示你們靈性尚存，但不表示你們透澈懺悔！你們未起心甘情願受罰與救贖彌補之心，猶處處閃躲刑罰罪責，可見仍未領悟透澈懺悔的真諦啊！」

但此時，法慧不禁又想起師父當時的話：「如今此去緝狼，要擒要度，全在你心，或許數載，或許數世，都必誓在功德圓滿，不可放棄，知否？」

師父聲音，有如當年離開法圓寺時的鐘聲，震的他突然頓醒，一切眾生皆是吾子，其中眾生悉是吾子，哀愍眾生者，我等今敬禮……

「啊，露兒、宗兒，當年放你二人出籠時，我曾擔保，你們若有為惡，所有罪孽由我承擔，如今你們被人緝殺，此等罪刑我為你們擔下了！但心中存在恐懼，無法見如來本性，如今我為你們贖罪，你們可以將恐懼放下，把心安好，我將繼續度你們，你們好好再修行吧！」

入夜後，法慧果然鬆了露兒、宗兒，將他們帶到山頭。露兒、宗兒於是在法慧身邊徘徊圍繞，舔舐他的手，狀極不捨，往事歷歷彷彿昨日，法慧不再言語，結跏趺坐，唸經持咒，望二人能心生領悟。露兒、宗兒在法慧身邊猶豫踟躕，最後依在法慧身上，舔他的臉，然後終於又雙雙奔回山林。

翌日，村民知道法慧在夜裡又把狼放了，不禁好生訝異惶恐，眾人雖不敢責怪法慧，但仍有微詞。

「善哉！」法慧向眾人行禮道：「眾施主所言甚是，所以貧僧決定，就在此處落腳，如有我在，此等二狼絕對不敢在此放肆，各位可把心放下，不要恐懼，如牠們在他處侵犯眾生，我亦在此，隨時供眾人詢罪發落！」

眾人一聽法慧法師要在這裡落腳，無不歡欣鼓舞，一時心也安了。

數年後一日，法慧又來到山裡，與往日一樣一邊採拾山藥野菜，一邊隨緣與人聊天說法，走著，走著，不由得走到山的深處，不覺此時山頭竟堆起千層的烏雲，不多久，雷雨竟如千刀萬箭一樣驟然而下，毫不饒人，法慧趕忙尋得一處岩下躲雨。

還好，這場突如其來的山雨，來的快，去的也快，不一會，驟雨過後，青山被洗得分外翠綠嫵媚，遠觀近看，層次好不分明，而峰頂靄靄白雲堆積未散，似在隨風輕輕飄移，一時虛無飄渺，似假還真，好一副天造地設、渾然天成的潑墨大畫，活生生的展開眼前，令人為它的浩瀚氣魄、巧奪天工衷心懾服！

此時天邊也出現了一道極其清晰閃亮的七色彩虹，好像大日如來發出的漫天祥光，將整個天空都幻化成曼陀羅花境，七色彩虹拱橋正連接天上人間，度化眾生走出凡塵，進入真如。

但法慧此時突然見到山谷崖壁上有一朵粉紅蘭花，在剛才驟雨的侵襲下，顯得軟弱無力，搖搖欲墜。見到飽受驟雨侵襲的蘭花，法慧不禁突然又憶起已經逐漸在心中埋藏起來的小佟，尤其想其昔日禪定時，見到小佟身影，也是身陷險境，萬分驚慌，小佟梨花帶淚，驟雨殘花，哭救無援，楚楚憐人一步步墜入黑谷的情景，全都活現起來。

只見粉紅蘭花上，花瓣滾著方才殘留的雨滴，如珍珠串兒般的剔透，也彷彿小佟粉頰香腮上掛著的淚珠兒閃著光亮，此時微風吹來，蘭花隨風輕輕搖曳，好像小佟對法慧欲迎還羞，欲言又止，也好像在叫喚法慧回去，妾身自生滅，君心莫掛礙，讓天地一切因緣都還給天地吧！

但法慧終究對蘭花的清秀產生無限的憐愛，又對蘭花的嬌弱有了無限的心疼，於是便走向前去，伸手要撫摸蘭花。

就在此時，一幅往事好似在法慧腦中閃過，好似，曾經，他也曾企圖要去搆弄斷崖邊的蘭花，而且往事歷歷如新，彷彿昨日，可是法慧偏偏又記得，此生此世不曾在山壁上搆弄蘭花呀？怎會有這麼熟悉的影像在腦海閃過？而且如此的深刻、清晰？

就在法慧一直探長身體要去搆花時，被抓住支撐身體的藤蔓，卻因剛剛驟雨鬆軟了泥土，一時支撐不了法慧的重量，竟整棵連根拔起，法慧和蘭花就這樣雙雙墜入幽暗的深谷裡去了！

原來，法慧今日墜谷身亡有兩個因緣，一是當初承諾替露兒和宗兒承擔緝殺之罪，故今日遭此劫難，再來則是他和小佟有三世情緣，如今再了結一次因緣。但因為法慧平日與人說法，共修共度，點化無數，頗有福德，所以天特別造化了山川大莊嚴德相，並搭起七彩虹橋來迎領他。

二、滅道

白天，克華是人人稱羨的名門之後，年輕，留美理工、財經雙碩士的副總經理，手中握著大筆投資人的資金，人人對他畢恭畢敬。但自從回國後，克華晚上回房後就沒再出過房門，他厭惡多踏進那個虛假的世界一步。很多影像在他腦海浮現，四歲時，母親因為他不會 3+6 而處罰他；六歲時，他每不會一個教過的英文單字被父親抽一下手心；十四歲時父母決定他將是一個知名的投資家，但因為他過度沈迷於閱讀哲學作品，父親在院子裡燒毀了他所有的這類書籍；十八歲時他離家出走，被父親鎖在房間裡毆打了兩小時；直到現在，他們還光明正大拆閱他的信件，並且毫不掩飾的搜查他的房間、抽屜⋯⋯。

今天是週日，克華開著車子毫無目的的亂逛，車子走著走著，克華在山上突然望見山下有一座廟宇，香煙裊裊，似乎好不熱鬧，於是便將車頭一轉開到山下，往廟的方向駛去。原來這是一座保生大帝廟，寺廟正在舉行廟會，信徒像潮水一般湧來盪去，克華心中一股親切感油然而生，自從七歲被送往美國，現在二十八歲回國，二十多年的時間不曾接觸故土的風情文物了！

克華一時百感交集，陷入回憶的漩渦裡頭，漩渦像個黑洞，一層又一層強力的旋轉，不斷逆溯到以前和子彤——一個青梅竹馬，他永遠放在心上的女孩，還是小孩的時候。

兒提時，有廟會的時候，小佟的媽媽管家李嫂，總會帶他和子彤一起去拜拜、看野台戲，那也是他們最快樂的時候。

「哇！那邊有ㄅㄚ ㄅㄨ耶！」子彤說，她最喜歡吃一球一球的香檳冰淇淋，吃完後，冰淇淋沾在她的上嘴唇，好像留了一條鬍子。

克華則喜歡吃那種紅通通的醃芒果乾，又辣又酸，吃完後整個嘴唇又紅又腫，子彤笑得合不攏嘴，說他是大嘴巴。

與子彤在一起的快樂日子，都如消散的雲煙一樣了無痕跡了，為什麼長大後世界變大，心卻反而不自由了，痛苦了？

此時，鸞生國樂團開始演奏，國樂聲中，克華想起小時候，父母幫他算命，算命師父說克華命帶孤剋，在人世間歷經波折，反而與空門有緣，頗能功德圓滿。

由於算命先生的話，加上克華在宗教反應上有超乎一般小孩的表現，更由於栽培克華成為國際投資家的計畫，所以克華父母決定提早送克華到國外當小留學生，斷絕他跟佛教的接觸，日後也禁絕他接觸宗教的書籍。

就在鸞生國樂團演奏到一半時，對面一個臨時舞臺也不甘示弱開始表演，鸞生國樂團與舞臺秀的較勁，其實是勝敗立判的，舞臺秀這邊挾著八個八百瓦的擴音喇叭與熱情奔放的重節奏音樂，在妙齡女郎清涼豪放的勁歌勁舞下，一下子便把鸞生國樂團擊的潰不成軍。

駐足觀看許久的克華，覺得時候不早了，於是打算離去，就在走到廟前時，看到一群人正在議論紛紛，一個穿著邋遢的中年人，捲縮在一旁，正在被他們競相責備，露出驚慌又無辜的神情，狀極可憐。

「又偷人家貢品了，么壽喔，不怕得罪神明？」被偷貢品的女人非常不悅的指責那個小偷。

「常常都這樣，」另一個長的肥壯的中年男人搭腔道，「被我打過幾次還不怕，都趁人家不注意把貢品拿走！」

「他憨憨，他餓了，如果神明都計較，怎麼有仁慈之心？沒有仁慈之心，又怎麼會保佑眾生？怎麼能當我們的守護神？」克華卻這麼說。

大家一聽，臉都綠了，這陣子好不容易辦廟會，大家歡歡樂樂酬神謝恩，不知哪裡冒出這個「青仔叢」，說了褻瀆神明的話，把神明的興致都掃光了！所以眾人不由得放過小偷，轉而把焦點放在克華身上，而身體也自然的移動，變成一個圍著克華的圈圈。

但就在雙方對峙時，克華不但異常堅定相信自己沒錯，而且充滿對世人癡愚的悲憫之心，所以不禁悲願滿脹，於是腦中突然靈光一閃，好像被五雷轟頂，一陣金光後，他突然頓悟信仰與悲憫的力量，一切沈死的記憶好似都在剎那間活了過來，然後克華雙手合十向眾人深深鞠躬，並以丹田宏亮如鐘的聲音，從心底全心全意的發出至誠的稱頌：

「我佛慈悲——阿、彌、陀、佛！」。

眾人被克華突如其來的舉動嚇了一跳，「好啦，走吧，走吧！」大夥也不敢多說話，一群人才逐漸散開。

「神明只能解除你短暫的痛苦，我也只能暫時的幫忙你，但永恆的痛苦，必須你自己去解脫啊！明白嗎？」克華對小偷說。

經過這次地震，一股積鬱在他內心深處要去體悟人生道理的渴望，已經在他心中正式浮現出來了！

從此克華經常一個人到清靜的寺院，在佛祖的面前座下趺坐沈澱。但克華知道父母不喜歡他接觸宗教，所以把很多從佛寺裡拿回來的經書偷偷藏在床底下，如獲至寶的小心收藏著，並鎖在房內每日研讀，頗有法喜充滿之樂，同時，他也將佛法的心得整理成人文管理的系統，準備在公司裡實施，印證人間佛法的道理。

今天，父親又趁克華不在，來到克華的房間，跟往常一樣，打開抽屜，毫不避諱的任意翻閱裡面的東西，然後克華父親隨手掀翻桌墊，發現裡面竟夾藏了一張縐紙，只見裡面寫著一些佛偈。

克華父親看到克華寫的字，知道克華接觸宗教了，一時心情沈重下來，便告訴克華母親，他們好像有一股藏在內心積鬱了很久、很久，彷彿已經千百年了的恐懼與憤怒，恐懼克華背棄他們，憤怒克華背棄他們，而背棄的理由，竟是克華真的走進那個空寂、虛曠、絕思、絕慮的無無世界裡去了，只留下他們兩位老人家，寡歡度日，鬱鬱而終。

「我不會讓步！他就是必須依照我的意思去做！」父親憤恨的說。

「那佛書呢？」母親問。

「燒了！燒了！」父親氣頭上，毫不考慮的說，就像他一貫的強勢霸氣，沒有轉圜。

父親越說越氣，起身逕自往樓上走去，邊說還邊唸唸有詞，就在樓梯上，突然覺得頭腦一片昏眩，氣喘不過來，失去重心，整個人活生生的從樓梯上直摔了下來。

克華到醫院時，父親已從手術房移到加護病房，老人家骨質疏鬆，從樓梯上直摔了下來，手、腿各骨折了一處，醫生將他全身麻醉打入鋼釘，現在正在昏迷等待甦醒中。

母親因為受到驚嚇，又一路慌張的送父親過來救診、忙亂的辦理各種手續，感覺身體很不舒適，就趴著睡著了。這是第一次克華和父母可以這麼安靜的相處，克華不禁起身走到父親的跟前，看著昏迷的父親，這會是他死亡時的樣子嗎？痛苦、創傷、內心仍充滿對克華的不悅與抱怨。休矣！休矣！人生幾何，有如雪泥鴻爪，難道要一生活在怨懟之中，乃至連頭腦都渾沌了，甚至都要斷氣了，還抱著憤恨不放？

克華不禁掉下淚來，啜出了聲音，淚水滴滴如雨落在父親的手上，父親微微動了一下，彷彿有點感應與知覺，不由得眼淚也流了出來，克華第一次伸手擦去父親的眼淚，發現硬漢一般的父親，眼淚既然是溫熱的，然後見父親又繼續昏迷過去。

克華父親的病情不多久就控制住了，克華領悟了父親已經年老的事實，加上經典的啟示，便想放棄一切恩怨，只想好好經營日後和諧的親子關係，所以每次都親自接送父親和母親到醫院看醫、複診。

其實，這次的意外，確實讓克華父親改變了很多，首先，他終於意識到自己確實已經老了，再者，不算輕微的意外痛苦也讓他深刻地反省了一些形上的問題。而父親的轉變，同時也發生在母親身上，只是母親一直耿耿於懷克華會入迷宗教遁入空門的問題，而這也是她最大的夢魘。

父親續而想，其實不能否認，克華是個有悟性的人，也正因他的悟性讓他們夫妻兩人感到惶恐，好吧，父親那種不受威脅的強硬個性又發作了，便續而又想，就掀開大家講明白好了，於是便和妻子把克華找來。

「克華，不瞞你說，從你小時候，我和你媽就莫名的活在一個憤怒跟恐懼之中，那就是有一天，你竟拋下我倆出家去了。所以今天我只想問你，你想不想出家？」父親毫不猶豫，一針見血就直逼了過來。

「你說話呀，孩子！」母親見克華陷入沈思，覺得他是在猶豫，害怕他會離開他們，不由得又使出她的溫情攻勢。

克華閉目，重重思考之後，克華終於說道：「出家是一種累世福份，但也是機緣，這輩子我想要在紅塵裡與眾生一起學習，所以不會想要出家！」

父母親一直以期盼的眼神盯著克華，好似在期待他說出最後的答案，當他說出「不會想要出家」的答案時，父親如釋重負的嘆了一口氣，而母親則崩潰了，她號啕大哭起來，竟然靠過來抱著克華哭得不知如何收拾。

克華顫抖的伸出手攬住母親，從小，他不管受到任何的委屈，都不曾撲向母親的懷抱，第一次，這樣攬住自己的母親。

就在母親的喜極而泣中，父親突然好像有感而發，不禁脫口說道：「要是子彤也在就好了，好久沒見到子彤了，不知道她最近怎麼了，真好想看看她！」

聽父親這麼期盼，克華於是說：「這樣吧，您們把李嫂她們的電話、住址給我，我去聯絡，然後開車專程去接他們來看您們！」

今天是星期天，克華已經聯絡了李嫂要去接她們，到了子彤家門口時，子彤家的門突然打開，克華心頭一驚，連忙把整個身體藏起來，這時出來了一位眉清目秀、身形修長、五官細緻的小姐，只略施胭脂，一點唇紅在白淨潔晰的臉頰上卻格外顯得婉約有緻，白色的荷葉領上衣，只點繡著幾株紅色花瓣，一襲黑色長裙下，露出半截潔白勻稱的小腿。

就在克華偷看子彤時，突然他強烈的感覺到，好像不知多久以前，他也曾經這樣躲起來偷看她，心中洋溢著一股幸福甜蜜的感覺，好像眼前這個人，已經是他的妻了，是他要一生一世相守相依、同衾共枕，執手偕老的妻了！

克華邊看邊想，一時入了神，此時小姐也邊澆花邊哼歌的靠了過來，突然，小姐轉過身來，看到躲起來的克華，兩人四目相接，不禁都大大的嚇了一跳。

「啊！」小姐嚇了一跳，手中的噴壺不由得掉到地下。

克華知道自己闖禍了，連忙起身，嘴裡連聲道歉，心裡卻不禁震撼道：

「她就是子彤了！不然怎會跟夢幻中的女子如此神似？」

克華望著眼前的女子，清秀的像出水的芙蓉，潔淨的像晨霧中的百合，克華知道自己又已無可挽回的墜入無邊無盡的黑暗深谷了！

「你是……克華？」

克華回過神來，強做鎮靜，禮貌的回禮：「我是童克華，不好意思，因為比約定的時間早來了，所以便在附近徘徊，沒想到嚇到妳了。妳是……子彤嗎？」

小姐點頭，臉色由方才受到驚嚇的蒼白，變成羞紅，趕忙蹲身拾起噴壺，然後過來開門：「我是子彤！請進來坐！」

房裡的李嫂聽到子彤的叫聲趕忙也跑出來，看見一位彬彬斯文，相貌端正的年輕人，穿戴的整齊正式，便喊道：「你是克華吧！」

「李嫂，我是克華！」克華一眼就認出李嫂了。

「克華！」李嫂跑過來，握著克華的手，又摸著克華的臉，「你真是小克華？喔……大，大克華了！你看我在說什麼呀？」

李嫂一邊高興的擦眼淚，一邊拉克華進屋，並對子彤說：「子彤，這克華啦！小時候你們一起睡著長大的克華呀！」

李嫂一高興，語無倫次，說的子彤臉色又一陣羞紅，不知如何是好。

回到家裡，李嫂和子彤見到克華父親竟然受了重傷，不禁都非常訝異，子彤一時克制不住，奔向前去，撲在克華父親懷裡，傷心哭泣的像個淚人兒，並且仔細檢視父親的傷勢，詢問他的狀況，狀極心疼，那樣子簡直就像自己的女兒沒有兩樣。

克華父親一邊撫摸子彤的頭髮，一邊欣慰高興的說：「回來看我就好，妳一回來，怎麼都不痛了！」然後哈哈大笑起來。

在父親盡興的笑聲中，不知怎麼搞的，克華腦海突然出現一個景象，好似子彤真的是他們的女兒，可是卻動也不動的躺在床上，任憑母親和父親一直死命的搖著他，呼喚著她，可是子彤就是狠心的動也不動的躺著。

然後，天空突然降下很多肉眼看不到的花瓣，一片一片掉在子彤身上，直到子彤被葬在一片花塚之中，子彤的靈魂就變成仙子的模樣，纓珞瓊帶般的隨著花瓣雨一直往上飄升，子彤一直回首，一直回首，並且大聲喊著：「爹、娘……」

……克華沒有來由的幻想，這時被母親打斷了，然後整個人才又回復過來，原來這時母親不甘心子彤只向父親撒嬌，一時吃起醋來：

「唉，我最近怎麼老是感覺脖子、身子僵硬酸痛的不得了，一定是被童伯伯拖累的！」說完就兀自搥起自己的肩膀來，露出不適的神色，還轉了幾圈自己的頭。

「童媽媽，我來幫妳吧！」子彤一聽克華母親如此說，於是擦掉淚水，趕緊湊到克華母親身邊，幫克華母親按摩肩膀。

眾人看克華母親這樣吃味，不禁都笑了出來。克華母親於是伸手摸住子彤的手，心滿意足的笑了，然後轉身對李嫂和克華父親說：

「走，走，到房間裡，我拿樣東西給你們瞧瞧！子彤和克華你們坐一下吧。」

到了房裡，克華母親開門見山對李嫂表明，要將克華和子彤配成一對的構想，李嫂雖然覺得有點高攀，卻也對克華人才相貌十分喜歡。

「妳瞧，剛剛把他們單獨丟在一起時，兩個人都不好意思成那個樣子，青梅竹馬嘛，一定都還記得對方，如今一看彼此都這麼郎才女貌，一定互相愛慕的啦！」

克華的人間佛法人文管理系統，在公司試用、修正後，公司績效進步許多，克華不吝惜的在很多刊物與研討會上分享他的心得，獲得很大的好評，所以也經常被媒體採訪報導，所以克華父親越來越滿意克華的表現，甚至認為青出於藍，所以就更放手讓克華去經營了。

而克華也徵進一批新人，並且規畫完整的教育訓練與任用升遷，希望他們能成為公司文化的種子部隊。

而在眾多新進的員工裡，有兩位最受克華注意，一位是張光陸，一位是黃光宗，他們兩人從小就是死黨，但他們的心理測驗與主管面試成績都不理想，被認為缺乏穩定性，原本不能錄取，但因為一股緣份感，加上他們想要進入公司的強烈意願，讓克華思考，所謂「教化」，就是要把不好的人教好，怎能有差別心呢？於是就錄取他們了。因為克華希望徹底實踐將佛法融入企業的人文管理系統，在現代工商社會建立人間佛法的理想，而不是口號。

而與子彤的交往方面，最近在父母的催促下，他們經常在假日一起約會，第一次克華約她出去的時候，子彤說：

「我們去對面那座山好嗎？山上有座觀音寺，我沒事一個人好喜歡去那裡，所以好希望你也會喜歡。」

原來子彤身體不好，經常過敏，所以才聽從醫生建議搬到空氣清靜的鄉下，在這裡，遠離了本來的朋友，孤單一個人，身體又不太舒服，所以就有點多愁善感。

「很多人幫我算過命，他們都說我夫妻緣份很薄，而且壽命也不長，我身體不好，一個人孤獨的生活在鄉下，所以我常常害怕預言會成真，就都去求觀音……」

聽完，克華極為心疼和不安的說：「妳不要老是想著這些算命預言，佛家不是說了，人的修為可以改變命運嗎？妳既然心儀觀世音菩薩，就當學習觀自在的自在無礙精神，把自己從憂慮的恐懼中釋放出來，這樣妳就會自由自在，無憂無懼，最主要的是，要讓自己快樂起來。」

子彤果然也頗為聰慧，完全瞭解克華的意思。但每次跟子彤見面後，克華的悲喜心情就越加複雜難解，一方面跟愛慕的人漸入佳境，心中的甜蜜確實溫馨幸福；但一方面子彤的孱弱和原本心頭的不安，卻隨著他對子彤愛戀的越深而越加害怕失去她，因而生了恐懼，心也越不能安定了。

倏忽一年時間已過，克華這套人間佛法的人文管理系統已經成熟，除了在國內廣為推傳深獲好評外，他並且將這個寶貴的經驗更積極的轉移運用到政治、生活、社會乃至生態等各領域，要確實做到人間佛法與佛法就是世間法的理想，並且把這個理念加以弘揚。所以克華就特別成立了一個基金會做到企業也是社會一分子，除了應善盡義務的責任外，還可以做更多的佈施回饋。除此之外，克華也正著手準備到國外華人地區推廣人間佛法運用到各領域的研究心得，甚至還計畫要打破宗教的藩籬，打破疆界的限制，與外國人做宗教文化的交流與弘揚。

而克華公司的人文管理計畫也步入完成階段，當初徵進的新人都已在工作崗位上有良好的表現，但張光陸和黃光宗兩人活潑有餘，沈潛不足，雖然和克華私交甚篤，沒有長官、部屬的隔閡，甚至以「華哥」相稱，但經常游走在公司規定邊緣，讓稽核呈報好幾次。

克華於是把光陸和光宗叫了來，又苦口婆心說道：

「這不知道是我第幾遍跟你們講了，我們不是為了餬口而工作，而是為了人生的成長與理想而工作，所以每個人都是在為自己的生命負責，而不是為公司的管理規章負責。我們工作不只是為了學習謀生技能，更是學習做人，學習做一個被眾人尊重的人，學做一個有價值、有貢獻的人。」

光宗和光陸頗有悔意，看了克華一眼，然後說：「對不起！我們知道華哥對我們很好，公司同仁也都說華哥真的一點都沒有老闆的架子，我們會改！」

克華天生就傾向用不斷的原諒和教化來使人感化，認為其實他們都是知道是非對錯的，只是被另一股更大的無明慾望力量所蒙蔽了！克華突然又不知為何的想到，那狼可以度化嗎？眼前的光陸和光宗就好像兩匹桀傲不馴的狼，縱使如此，他要度化他們！

暫時安頓了公司的公務後，克華安排了行程，他們基金會和一個文教團體、一個佛教團體要一起前往美國宣揚現代中華文化與佛法文化發展的成果，而克華就發表把人間佛法運用到各種領域的研究和運作結果，並與當地美國人民進行交流。

行程圓滿結束後，克華回國一下飛機就打電話回公司，父親卻說，公司已經出事了！張光陸和黃光宗，各虧損了客戶近一千萬的金額，現在客戶已經找上門來了！

回到公司後，克華立刻召開主管會議，克華父親卻出乎意料的表示他不參加，要全權由克華處理，克華對父親的信任不禁非常感動，克華終於知道，他們父子之間以前所有的衝突都化解了！

望著父親離去，克華想到主管都在等他開會，便向會議室跑去，但因為長途跋涉，有些疲憊，加上一時心急，一不小心就摔倒了，整顆頭往牆壁狠狠撞了上去。

主管會議報告完事件的始末後，克華也大致看為文件，便立即決策道：

「請財務部立即將客戶損失差額匯入客戶戶頭，客服部親自到客戶那兒代表公司正式道歉。

其餘索賠與懲戒事項，等我將卷宗帶回去仔細研究，再和各位一起商議，不知各位意見如何？」

各位主管都沒有意見，於是克華請眾人散會，然後叫光陸和光宗進來會議室。不一會，光陸和光宗兩個人低著頭，踏著沈重的步伐走進來。

「公司有近百位員工，大家都在看這件事情怎麼處理，好有樣學樣，沒有紀律怎麼作戰？分明逼我斬你們！」

只見光陸和光宗眼眶紅紅的說：「華哥，那怎麼辦？」

「公司已經將虧損還回給客戶，但你們各虧欠公司一千萬，公司會向你們及你們的保證人追討，如果討不回來，就循法律途徑，到時刑法、民法一起上訴，除了坐牢還是要負責賠償！」

光陸和光宗兩人一時嚇得無法言語。

「這幾天，你們也可以一走了之，將所有過錯都讓你們的保證人來承擔，處罰他們對你們的信任，去吧！」

光陸、光宗離去後，克華覺得身心很難過，很失落，為什麼光陸和光宗要這樣一而再，再而三的傷害他們自己，還有傷害待他們如兄弟的克華？為什麼蒙蔽人的無明力量會這麼大？大到勝過自己的良知？

回到家後，克華因為太過疲憊以及光陸、光宗讓他太過悲痛憤怒，一時難以成眠，半夜突然嘔吐起來，他大叫幾聲就昏迷了過去。

克華悠悠的醒來，發現自己正在醫院吊著點滴，而子彤正在他身邊。

「一個月沒見，你就腦震盪昏迷一天一夜給人家當見面禮！」

克華看子彤失去了光亮，疲倦的像憔悴了的花朵，臉上卦滿了淚珠兒，不禁又伸出手去摸著子彤的手：「……，害你擔心了，對不起……」克華虛弱的說。

「沒有呀？是你媽叫我來看你的，說是輕微腦震盪，我怕童伯母年紀大不禁累，叫她回去，我只好留下來了，我只有一點擔心你！」

看子彤這麼不眠不休的照顧自己，變的這麼憔悴，克華一時又心疼，又歡喜，又愛慕，又溫馨。

「子彤……」克華說。

「什麼？」子彤說。

「……我愛妳！」克華終於說出心裡的話。

「什麼啦！」子彤又驚又羞，裝作沒聽到，羞赧的應道。

「我愛妳！」克華大聲的說，然後既然大聲咳起來。

「……」子彤紅了臉，愣著，不知如何回應。

「我咳的好厲害，快來幫我拍拍胸口！」克華說。

子彤連忙探過身去，要幫克華拍胸口，克華於是抓住子彤，把她擁在懷裡，兩人都幸福的閉上眼睛，感覺好甜蜜的抱在一起。

「那你以後不可以再嚇我了。」子彤說，眼淚流了出來。

「好，一定！」克華摸著子彤的頭髮說。

「那勾勾手指頭！」子彤伸出小指頭對克華說。

聽說克華輕微腦震盪住院了，公司的同仁都來探望，並請問後續的處理動作。克華認為，自己一向秉持人間佛法的人文企業經營理念，就因光陸和光宗兩人的錯誤而象徵失敗嗎？其實公司大部份員工都極其優秀盡責，互勉共進，也讓公司深受社會好評，怎能因為一兩個不受教化的人，而否定其他人性本善的多數人！所以克華堅定相信，人間佛法的人文企業理念還是正確的大道！於是便指示，例行公事一律照常，沒有特別異狀指示與整肅行動。

腦震盪昏睡中的克華，迷迷濛濛的，首先，他好似看到，親密的像兄弟一般的光陸和光宗被五花大綁，架赴刑場，然後，他又看到光陸和光宗竟然變成狼，一個師父將牠們交給克華度化，接著，光陸和光宗又變成人，但這兩個人又犯了大錯被克華逮到了，他可以把他們像狼一樣的關起來，直到他們交出無明的意念；克華也可以感化他們，但這樣他們隨時會再逃跑。所以夢中的克華處在猶豫之中，夢中有一個聲音告訴克華說，其實你已經原諒牠們無數次，並且放過他們兩次了，現在，你要放他們第三次嗎？

克華因為只是輕微腦震盪，所以沒多久就出院了，當時在住院中做的夢，就跟一般的夢一樣，早上起來就忘了。上班後，克華叫光陸和光宗到會議室。光陸和光宗一到會議室坐定，光陸開門見山問說：

「華哥，請你把所有民事、刑事責任，讓我們全部承擔吧，請不要拖累我們的保證人。」光陸和光宗比幾天前平靜許多，看來，他們已經做好承擔一切後果的準備。

「華哥，我們知道你的恩情與這筆債務我們這輩子可能還不清，但我們發誓：今世不還，來世還，來世不還，世世還！」光宗說。

聽了光陸和光宗發的誓：「今世不還，來世還，來世不還，世世還」這句話，克華突然心頭一陣錯愕！為什麼這句話這麼熟悉？很像是一句千年百年的承諾？但克華想不出來，在什麼地方出現過這麼一句話。

克華開始相信，他們確實改變了，如果說他們是兩匹狼，如今這兩匹狼竟然願意進入牢籠，承擔自己的過錯，來換取不要傷害曾經救助過他們的同伴！

克華記得，自己也曾說過，如果光陸和光宗是兩匹狼，他也要試試狼能不能被感化。現在，光陸和光宗已經露出一點本性了，這時再將他們囚禁，不是前功盡棄？但克華知道，他現在必須趁光陸和光宗懺悔心正重的時候，盡可能的把他們被無明意識蒙蔽的本心本性挖掘出來！

「值不值得放你們生路，就端看你們是否有懺悔之心，有救贖之行了！」

「華哥的話點醒我們，不要說錢，我們本來有美好的前程可以經營，可是現在卻葬送在自己的手裡！」說完，兩人崩潰的哭了！

克華無語，等待兩人都稍微平靜後才說：「坐牢是你們應得的懲罰不是救贖，救贖應該起了大悲的懺悔與善念，自救救人，將功贖罪啊！」

光陸和光宗點點頭，表示明白克華的意思。

「我總有一個感覺，好似我們之間有很深的緣份，好似要我度化你們，可是我不知道，用感化還是用囚禁的方法對你們比較好？之前，我已經原諒你們無數次了，可是你們都沒有受到感化，現在我應該放你們，還是囚你們？你們自己說吧！」

「我們心念不正，犯下大錯，不敢求華哥饒恕，只要保證人不要受我們拖累，我們願意被囚！」光陸和光宗說。

克華沈思良久，他不相信，狼不能度化！

「我再放了你們一次！」克華說，光陸和光宗頓時訝異的無法置信！

「今世我不斷原諒你們，累生累世以來也不知放過你們幾次了！現在再放你們，若仍不知悔改，來生來世一樣再將你們擒得度化！」

就這樣，克華又放了光陸和光宗，期待狼的度化，證得萬物皆有佛性！

克華和子彤終於論及婚嫁，但晴天霹靂，此時醫生卻證實子彤已經罹患乳癌第二期了！今天子彤一人上了觀音寺，子彤鼓起勇氣向尼師走去。

「尼師，我有困惑，能不能請尼師開悟？」子彤問。

「阿彌陀佛，當然，小姐請說吧。」尼師合十向子彤鞠躬說道。

「我這一生一直很孤獨，身體也不好，本來打算陪伴母親終老，沒有雜慾，沒有妄念，一輩子平平靜靜的。直到男友出現，他仁慈善良，懷有救贖的理想，我深深被他感動，也好像是宿世情緣，驚醒了我原本沈寂的心靈。原想，婚姻大事也是人倫之常，如果是注定的姻緣，能有美滿的結果，也是好事。誰知，如今我罹患癌症，想必是注定要孤獨一世的吧？所以請尼師指點迷津！」

尼師對子彤的清秀脫俗與不幸境遇很是憐愛，但說：「小姐，我們不主張到處求人解答歷世因緣！我們信奉觀音菩薩的自在無礙，如能這樣，自然能無有恐怖，遠離一切顛倒夢想，人生至此自在無礙，求什麼前世因緣，問什麼未來禍福？」

子彤完全懂得尼師所說，更深深鞠躬。

「如何才能令妳最自在無礙？妳應當自己想清楚吧！」尼師又說。

子彤豁然開朗，於是又向尼師合十深深鞠躬，表示自己瞭解了。

克華全家聽到子彤罹病，好不駭噩！一家人商議定了，於是便一起驅車前往子彤家，除了探望子彤的病情，母親還帶著原本結婚要用的鑽石戒指一起去見子彤。

見到子彤後，克華全家人一起勸子彤到美國就醫，說著，說著，克華母親把鑽石戒指拿出來，然後克華母親牽起子彤的手，硬幫子彤戴上。

「子彤，妳已經是我們童家的媳婦了，不可反悔了！」

然後李嫂建議克華和子彤小兩口單獨出去走走，順便商量一下結婚的事。子彤經過尼師的開示後，回來深思了很久，她知道，克華最能沒有掛礙的情況，就是她最能沒有掛礙的情況。所以趁兩人還不是夫妻的時候，還沒同床共枕，還沒有更進一步生死相依時離開他，這個痛楚是最短的！

想到這裡，子彤突然頓悟，這就是人間生老病死的苦嗎？

子彤於是伸回克華牽著她的手，然後將克華母親為她戴上的鑽戒脫下來，要還給克華：「克華，請替我向伯母說對不起！」子彤說完，不禁低頭飲泣。

「為什麼？」克華不相信，不願接受戒指，大聲叫起來，「子彤，縱使妳只做我一天的新娘，我也心甘情願為妳守候生生世世啊，難道妳不明白嗎？」

剎時，子彤心裡明白了，我必須趁早離開他，否則克華真的會萬劫不復了！

「克華，明天我們去觀音寺好嗎？我會先去，下班後你直接過來，好嗎？」一會兒，子彤忍住眼淚說。

「好啊！」克華擦掉眼淚哽咽的說，然後兩人又往回走，克華又緊緊抓住子彤的手，子彤也不掙脫。

隔天一早，子彤就到觀音寺找尼師，子彤向尼師表明，她已經又想很多天了，雖然她無法一時放下怨，放下不捨，但她相信，這些愛憎意識在她日後的歲月裡，是可以修行遺忘的。

尼師見子彤心意已決，也不再多說，只能衷心祝福，子彤於是拜託尼師說：「我男友姓童，是很信仰佛法的人，我相信他會懂得我要離開他的意思，但他現在被眷侶愛慕蒙蔽了，還請尼師能跟他開悟，並代我將鑽戒回給他。」

晚間，克華依約來到觀音寺，卻不見子彤蹤影，於是向尼師請問，尼師於是請克華入內坐下，說子彤有事相託轉告，克華於是對尼師鞠躬道謝，隨其入內。

「童先生，子彤小姐說您佛法精湛，還在推廣人間佛法的各種管理、生活哲學，實在難得，真是青年才俊呀！」尼師說。

「不敢，不敢，尼師澈悟空覺，斷然出家修行，才真是偉大之人呀！」

「阿彌陀佛，」尼師說，「尼師有愧，不知道童先生讀過心經嗎？」

「讀過。」克華說。

「能背嗎?不知能否冒昧請童先生背誦，為寒寺生光？」尼師說。

「不敢，不敢！」克華欠身致意，然後開始背誦心經。

待克華背完，尼師微笑道：「不知童先生認為心經意境如何？」

克華於是把他對心經的推崇詳加說明，然後說：「希望尼師指正！」。

「很好，很好，見解深入，不離正道，真是居士大德，在家菩薩!為蔽寺增添不少光彩！」

「不敢，不敢！」克華又欠身致意。

「子彤小姐託我將這戒指交給童先生，說童先生自然明白，出家人不理俗務，受人之託，轉交而已。」

「是，是，謝謝尼師！」克華見到戒指，整個人差點崩潰，不過在尼師面前，只得強裝鎮靜，行禮如儀的接下。

克華於是還是假裝鎮靜的行禮離去，然後一路上完全沒有思考，沒有意識，沒有悲傷，沒有感覺，行屍走肉一般的開車回家。

子彤思考了很久，覺得克華應該將她遺忘，才能解脫，所以子彤決定到觀音寺掛單住宿一陣子，克華一向打從心底尊重佛門，如到觀音寺看她，應該也會虔誠莊重，甚至能有所了悟！於是克華便每天驅車前往觀音寺看子彤，但見子彤和尼師們一樣，一起作務、念經，靜坐、稱頌，有如帶髮修行一般，克華不敢打擾佛門淨地與尼師們的清修，所以只敢躲在庭院的門外偷看，一心一意等待看到子彤的身影，直到傍晚庭院的欄杆鐵門被重重的關上，才黯然的離開。

今天是一個超級颱風天，克華不顧父母的反對，同平日一樣，驅車前往觀音寺，到了寺前，發現庭院鐵門雖然關著，但還是可以透過欄杆看到寺裡面，所以克華便撐傘下車，沒多久，克華就全身濕透了，一直寒冷的發著顫抖。

不知過了多久，突然寺裡走出一個穿雨衣的人來，那人朝庭院的門走來，並打開鐵門，克華仔細一看，竟是子彤！子彤見克華瑟縮的捲成一團躲在柱子下，讓風雨無情的襲擊著，一時心驚又心疼的不知所措。

克華站了起來，雨傘落到地上，情癡義重的望著子彤，卻不敢對她有所冒犯，這時風雨襲擊在他身上，他卻好似也都沒感覺了，就這樣一直凝視著她。

半晌，子彤先回過神來，在風雨中大聲的喊著：「尼師說，風大雨大，所以門要打開，萬一有人要來求助，才能進來。可是尼庵單獨留下孤男不知是否方便，待我去請問尼師。」

子彤轉身要走，克華喊住子彤，也在風雨中大聲的回話：「觀音救苦，也分善男子，善女人嗎？」

子彤一聽，愣在那邊，無法回答，克華又繼續喊道：「我知道妳要避我，妳的心意我完全瞭解，我無恨無怨，但我知道，妳這一進去，就不會再出來了，我不為難妳，只求妳再轉過身來讓我再看妳一眼吧！子彤！」

子彤遲疑駐足了好一會兒，然後大聲說道：「佛門淨地，先生自重，先生如要避雨，請入內。」然後子彤沒有轉過身，就往寺內走去兩行眼淚卻流了下來。

望著子彤沒有回身就離去，克華愣著，立在那邊，完全沒有知覺。

克華急性肺炎送醫急診昏迷了一天一夜，昏迷中，克華突然像貫穿時空一樣，完全了然了歷生的因緣！

那雲遊天上四海的僧

發現崖上一支孤獨美麗的花
那花　原是仙子化身修練
僧吶　心疼她的脆弱
與風雨侵襲的無情
出手搆弄想護著那花
一不小心
雙雙墜落萬丈下的紅塵

這就是劫吧
註定了三生三世的相逢
與不知何年何月的緣盡
每次男子總要遇著
那花樣的女子與一段
沒有開始沒有結束的故事
彷彿那前世的情景
又要一再重演

沒來由的
每日清早來到她家門口
見著了梳了髻的她
挽著花籃，笑著
她的身影在瞳中恍動
像一團舞動的火燄
燒紅他的眼睛
燒紅他對緣盡情了的恐懼

突然悟了
男子記起自己是僧
所有關於僧的信條、戒持
德性、清淨、無罣、無礙
統統全回到身上
見她粉頰上滾滾掛著珠兒
我走了，僧說

不在天上等妳
因為緣滅了
一切將要回到原始
那個未曾相遇的點上
我還是個雲遊天上四海的僧
妳還是那在崖上修行的花

就這樣了
沒有開始，也不需要結束
…………
……
…

克華呢喃從昏迷中醒來，只見父母、李嫂都圍在一旁，見克華醒來，眾人好不高興，也好不悲傷。可是剛才的夢，就像雲煙一樣消散了，克華完全不記得自己做過的夢，但他心中卻有一股了悟。

「子彤呢？」克華虛弱的問。

「子彤與尼師們朝聖去了，暫時聯絡不到……」李嫂心虛的說。

「喔，沒關係，李嫂，」克華伸出手去摸李嫂的手：「請您不要逼子彤，也請您一定要轉告她，不管她做了什麼決定，我都歡喜欣受，她也要一樣，我們都要自在無礙！」

李嫂鼻酸的點頭，表示一定會轉告給子彤。

「爸、媽，」克華轉過頭來對父親和母親說，「我很好，您們放心！」

克華父親摸著克華的額頭，欣慰的點頭。

「能把窗簾拉開嗎？我不喜歡這麼暗。」克華問，於是克華母親便把窗簾拉開，颱風過後的天空一片湛藍，深邃的藍，一片陽光射了進來，陽光很是燦爛，好像天女撒了一地大日如來的曼陀羅花。

（本文為宗教文學獎長篇小說獎節錄版）

心靈語坊 1

觀音淚

林金郎宗教小說選

作　　者：林金郎
美術設計：許世賢
出 版 者：新世紀美學出版社
地　　址：台北市民族西路 76 巷 12 弄 10 號 1 樓
網　　站：www.dido-art.com
電　　話：02-28058657
郵政劃撥：50254486
戶　　名：天將神兵創意廣告有限公司
發行出品：天將神兵創意廣告有限公司
電　　話：02-28058657
地　　址：新北市淡水區沙崙路 25 巷 16 號 11 樓
網　　站：www.vitomagic.com
總 經 銷：旭昇圖書有限公司
電　　話：02-22451480
地　　址：新北市中和區中山路二段 352 號 2 樓
網　　站：www.ubooks.tw
初版日期：二〇一六年十月
定　　價：二八〇元

國家圖書館出版品預行編目（CIP）資料

觀音淚： 林金郎宗教小說選 / 林金郎著 . --
初版 . -- 臺北市 ： 新世紀美學， 2016.10
面 ；　公分 --（心靈語坊 ； 1 ）
ISBN 978-986-93635-2-5（平裝）
857.63　　105016813

新世紀美學

旭昇悅讀網
www.ubooks.tw